TODA PAIXÃO EXAURIDA

VITA SACKVILLE-WEST

TODA PAIXÃO EXAURIDA

INTRODUÇÃO DE JOANNA LUMLEY

Tradução
EVELYN DINIZ

MORRO BRANCO
EDITORA

TODA PAIXÃO EXAURIDA

MORRO BRANCO é uma editora do Grupo Editorial Alta Books (Starlin Alta Editora e Consultoria Ltda.)

ISBN: 978-65-6099-041-8

Translated from original All passion spent Copyright © 2016 Vita Sackville-West *ISBN 9781784870553. Published by Vintage Classics, part of the Penguin Random House group. Translation rights arranged by Vintage Classics, part of the Penguin Random House group. PORTUGUESE language edition published by Morro Branco, Copyright © 2025 by STARLIN ALTA EDITORA E CONSULTORIA LTDA.*

Impresso no Brasil – 1ª Edição, 2025 – Edição revisada conforme o Acordo Ortográfico da Língua Portuguesa de 2009.

Dados Internacionais de Catalogação na Publicação (CIP)
(BENITEZ Catalogação Ass. Editorial, MS, Brasil)

S121t
1.ed. Sackville-West, Vita, 1892-1962
Toda paixão exaurida / Vita Sackville-West ; introdução Joanna Lumley ; tradução Evelyn Diniz. – 1.ed. – Rio de Janeiro : Morro Branco, 2025.
192 p.; 13,5 x 21 cm.

Título original: All passion spent.
ISBN 978-65-6099-041-8

1. Romance inglês. I. Lumley, Joanna. II. Diniz, Evelyn. III. Título.

02-2025/70 CDD 823

Índice para catálogo sistemático:
1. Romances : Literatura inglesa 823
Aline Graziele Benitez – Bibliotecária – CRB-1/3129

Produção Editorial: Grupo Editorial Alta Books
Diretor Editorial: Anderson Vieira
Vendas Governamentais: Cristiane Mutüs
Gerência Comercial: Claudio Lima

Coordenadora Editorial: Illysabelle Trajano
Produtor Editorial: Marlon Souza
Tradução: Evelyn Diniz
Copidesque: Carol Colffield
Revisão: Louise Branquinho
Diagramação: Rita Motta
Capa: Gosia Herba

ALTA BOOKS
GRUPO EDITORIAL

Rua Viúva Cláudio, 291 – Bairro Industrial do Jacaré
CEP: 20.970-031 – Rio de Janeiro (RJ)
Tels.: (21) 3278-8069 / 3278-8419
www.altabooks.com.br – altabooks@altabooks.com.br
Ouvidoria: ouvidoria@altabooks.com.br

Editora **afiliada à:**

Sumário

Introdução ix

Parte Um 3
Parte Dois 79
Parte Três 107

Para Benedict e Nigel,
que são jovens.
Esta é uma história de pessoas velhas.

Seus servos, com novos conhecimentos
Da verdadeira experiência desse grande evento
Libertou com paz e consolação,
E a mente calma, toda paixão exaurida.

Sansão Agonista de John Milton

Introdução

É sempre emocionante participar de uma história quando um evento tumultuado ocorre; neste caso, a morte de um distinto estadista, lorde Slane, pai de família exemplar, cujos filhos um tanto horríveis já estão em idade avançada e cuja viúva ("Mamãe é maravilhosa") é amplamente considerada como tendo "vivido apenas para o pai", e não tendo "vontade própria". Todos já passamos por isso: as vozes abafadas e o comportamento alterado dos familiares ao lado do leito de morte, sentimentos banais velando ansiedades subjacentes sobre a própria vida sendo incomodada e alterada. Há um farfalhar de expectativas sobre quem ficará com o quê, quem ficará com as joias, quem se beneficiará do dinheiro, "o butim", que terá sido deixado. Há o dilema de quem deverá assumir a responsabilidade pelo cônjuge enlutado, que, durante os poucos dias entre a morte e o funeral, é de suma importância, mas depois se torna um estorvo.

Apesar de ter sido publicado em 1931, *Toda Paixão Exaurida* poderia ter sido escrito ontem, tamanha a nitidez e relevância das observações sobre uma pessoa idosa, no caso lady Slane, com oitenta e oito anos, que precisa ser cuidada à medida que seus próprios dias se dissipam. Ela deve ser mantida em segurança e a uma distância conveniente para visitas – talvez devesse ser transferida regularmente, para que cada um de seus descendentes possa ajudar a dividir o fardo. Porém, quando a matriarca decide seguir seu coração, mudar-se para uma casa em Hampstead e viver lá sozinha com sua devotada e antiga empregada francesa Genoux, é como se uma janela se abrisse para um mundo diferente – um mundo muito chocante para seus filhos. Apenas Edith, sua filha mais nova, acredita que "Mamãe não é louca, mas notavelmente sã". Edith, a mais gentil entre os filhos, é a favorita de lady Slane, assim como Kay, um estranho solteiro obcecado por globos, bússolas e astrolábios, que aprecia sua monástica existência, animada apenas por jantares no clube com o estranho sr. FitzGeorge. Os membros da família são atraídos pelo olhar aguçado para o absurdo, e, ainda assim, podemos reconhecer cada um deles em nosso próprio círculo de conhecidos. Sackville-West escreve de forma simplesmente maravilhosa, e muitas passagens, como, por exemplo, o primeiro vislumbre que lady Slane teve do sr. Bucktrout batendo no barômetro imaginário na parede de sua nova casa, fizeram-me rir alto. Outras são completamente belas: as borboletas voando ao redor da carruagem enquanto os Slanes viajavam pelo deserto persa. "Todas as coisas minúsculas, coisas desprezivelmente minúsculas, enobrecidas apenas por seu vasto pano de fundo, o pano de fundo da Morte."

Quando lady Slane viaja para visitar a propriedade da qual se lembra tão bem, embora a tenha visto pela última vez trinta anos antes, ela começa seus devaneios: memórias de seu passado são pontuadas pelas estações do metrô, conforme passa das ruas respeitáveis de South Kensington para o que era então uma vilarejo remoto no norte de Londres. O deleite que a casa inspira nela é contagiante. Quão estranho é que Vita Sackville-West, com apenas trinta e oito anos, tenha uma compreensão tão clara dos anseios de uma mulher idosa. Estou a meio caminho entre a idade dela quando escreveu o livro e a de sua deliciosa protagonista, e já estou desejando minha própria versão de uma casa georgiana de tijolos vermelhos, com suas grandes janelas e gavinhas de hera intrusas, seu sol e seus companheiros inesperados e charmosos, sr. Bucktrout, o proprietário, e sr. Gosheran, o esplêndido faz-tudo.

A casa está reformada e decorada, e a própria vida de lady Slane se desenrola enquanto ela sonha acordada sob o pessegueiro no jardim voltado para o sul; surge uma personagem muito diferente da passivamente serena vice-rainha da Índia, como era conhecida pelo mundo. Dentro dela, esperando para escapar, mas nunca conseguindo, está uma moleca tímida, uma garota que anseia por pintar, cortar o cabelo e se vestir como um menino. No entanto, de alguma forma, ela tropeça no casamento e ouve a porta se fechar para sempre em suas ambições e esperanças. Embora entenda a extensão dos sacrifícios que terá que fazer, as expectativas são tantas que ela sente que não há outra escolha disponível:

> Supôs que não estava apaixonada por Henry, mas, mesmo que estivesse apaixonada por ele, não conseguia ver razão alguma para renunciar a toda a sua existência separada. Henry estava apaixonado por ela, mas ninguém sugeriu que ele renunciasse à própria existência. Pelo contrário, parecia que, ao adquirir a mulher, ele estava apenas adicionando algo a mais [...] ele continuaria a aproveitar sua vida livre, variada e masculina, sem anel no dedo ou diferença no nome para indicar a mudança em sua condição; mas sempre que ele se sentisse inclinado a voltar para casa, ela deveria estar lá [...] e mesmo que ele a chamasse para o outro lado do mundo, ela deveria segui-lo [...]
>
> Para ela, as ambições, a existência secreta, tudo havia sido desfeito.

Lady Slane se torna um "apêndice" do marido ao se casar, sempre devendo estar alinhada com seus desejos; um estilo de vida que a própria Vita Sackville-West escolheu rejeitar em seu casamento. Vita, em contraste com sua heroína fictícia, manteve seu próprio nome, e, embora ela também fosse casada com um diplomata, Harold Nicolson, sua escrita continuou sendo sua prioridade profissional. Em vez de viajar para o exterior com o marido em suas missões diplomáticas, ela escolheu permanecer em casa para seguir sua própria carreira. Por fim, Vita persuadiu Harold a abandonar a diplomacia completamente para que ele pudesse ficar ao seu lado na Inglaterra. O papel das mulheres era uma questão latente na época, e a situação de lady Slane reflete muitas das preocupações levantadas no ensaio feminista *Um Teto Todo Seu*, escrito pela amiga e amante de Vita, Virginia Woolf, publicado apenas dois anos antes.

É verdade que "ela nunca colocou o pincel na tela", mas quando lady Slane foi descoberta arrumando as flores no chão da residência vice-real na Índia, com seu filho pequeno em um berço ao lado, ela estava absorta em sua colocação pictórica de cores e formas (mais tarde refletida na própria oferta de flores do sr. Bucktrout na casa de Hampstead). Os próprios talentos de Vita Sackville-West como jardineira parecem preencher as páginas com um esplendor visual peculiar, tão brilhante quanto suas observações sobre o comportamento humano. A revelação de que o amigo do filho de lady Slane, o excêntrico e avarento sr. FitzGeorge, fazia parte de sua jovem vida causa um choque, pois ele também era um homem diferente naqueles dias distantes, quando um encontro casual com a jovem e bela vice-rainha, enquanto ela se ajoelhava arrumando as flores, alterou sua vida para sempre. Ele, com um olho aguçado de colecionador, ama e acumula coisas bonitas, mas é obcecado por seu valor; ela, como o sr. Bucktrout, simplesmente ama a beleza por si só. FitzGeorge reingressa em sua vida da maneira mais inesperada, alterando seus últimos meses de vida, trazendo-lhe companhia e uma nova fortuna para que seus filhos se preocupem.

Eventos e circunstâncias são mostrados como se estivessem em uma fotografia desbotada de um álbum, examinados à medida que o tempo passa para lady Slane. Uma aceitação pacífica da certeza da morte a conforta, e seu excelente amigo, sr. Bucktrout, cuja amizade ela passa a valorizar tanto quanto as visitas do sr. FitzGeorge, tem filosofias que combinam exatamente com as dela. Ela amava seu marido, mas não sente sua falta, não sente falta do esplendor de uma vida que era limitada apenas pela extensão do Império Britânico em seu auge:

os horizontes começam a encolher à medida que você envelhece, os desejos desaparecem e os pertences se tornam um estorvo. As memórias desfilam diante de seus olhos incessantemente e se tornam mais importantes do que o mundo real. Ao olhar para trás, ela parece procurar uma explicação de como sua vida se desenrolou do jeito que se desenrolou, para poder reconciliar-se com isso antes que a morte venha buscá-la.

Quão maravilhoso e estranho que um livro que começa e termina com a morte seja tão alegre e tão perversamente engraçado. Assim é Vita Sackville-West escrevendo no auge de seus poderes, e quando eu terminar esta introdução, pegarei o livro de novo e o lerei imediatamente, saboreando cada frase, sentada com lady Slane enquanto a luz do sol da tarde se inclina através das janelas da sua pequena e aconchegante sala de estar, onde ela se senta, com toda paixão exaurida, sonhando com dias passados.

Joanna Lumley, 2011

TODA PAIXÃO EXAURIDA

Parte Um

Henry Lyulph Holland, o primeiro conde de Slane, havia vivido por tanto tempo que o público começou a considerá-lo imortal. O público, como um todo, encontra segurança na longevidade e, após o necessário interlúdio de reação, está disposto a reconhecer a idade muito avançada como um sinal de excelência. O ancião triunfou sobre, pelo menos, uma das desvantagens iniciais do homem: a brevidade da vida. Roubar vinte anos à aniquilação eterna é impor a própria superioridade sobre um destino predeterminado. Tão pequena é a escala sobre a qual organizamos nossos valores. Foi assim, com um sobressalto de real incredulidade, que os homens da City, setor financeiro de Londres, abrindo seus jornais no trem em uma manhã quente de maio, leram que lorde Slane, aos noventa e quatro anos, havia falecido repentinamente após o jantar na noite anterior. "Insuficiência cardíaca", diziam sagazmente, embora, na realidade, estivessem repetindo os jornais; e então acrescentavam com um suspiro: "Bem, outro antigo marco se foi". Esse era o sentimento dominante: outro antigo marco se foi, outro lembrete de insegurança. Todos os eventos e progressões da vida de Henry Holland foram reunidos e registrados em uma explosão final de publicidade pelos jornais; foram reunidos em um punhado tão duro quanto uma bola de críquete e atirados na cara do público, desde os dias de sua "brilhante carreira universitária", passando pelos dias em que o sr. Holland, a uma idade surpreendentemente precoce, ocupara uma cadeira no gabinete de conselheiros do Primeiro-Ministro, até seu último dia em que, como conde de Slane, K.G., G.C.B., G.C.S.I., G.C.I.E. etc. etc. – suas honras decrescentes se arrastando atrás dele como a cauda de um cometa –, ele se curvara em sua cadeira após o jantar, seus noventa anos acumulados recuando abruptamente para a história. O tempo parecia ter dado um pequeno salto para a frente, agora que a figura do velho Slane não estava mais lá, com os braços estendidos, para contê-lo de volta. Por cerca de quinze anos, ele não participara de forma muito ativa na vida pública, mas ele tinha estado *lá*, e ocasionalmente, a irrefutável suavidade, o bom senso e a zombaria de sua eloquência no Parlamento haviam perturbado, embora não pudessem realmente impedir, seus colegas mais extremistas à beira da loucura. Tais pronunciamentos costumavam ser raros, pois Henry Holland sempre fora um homem que apreciava o valor da economia, mas, por sua própria raridade, produziam uma saudável sensação de desconforto, pois os homens sabiam que eram respaldados por uma lenda da experiência: se o velho, o octogenário, o nonagenário, pudesse se animar a ir até a assembleia em Westminster e se desfazer, à sua maneira incomparável, de opiniões gestadas de forma cuidadosa, sóbria, embora cínica, então a imprensa e o público seriam compelidos a prestar atenção. Ninguém jamais havia atacado seriamente lorde Slane. Ninguém jamais o acusara de ser retrógrado. Seu humor, seu charme, sua calma e seu bom senso o tornaram sacrossanto para todas as gerações e para todos os partidos; talvez, entre estadistas e políticos, somente dele se pudesse dizer isso. Talvez porque parecia ter experimentado a vida por todos os lados, mas, ainda assim, nunca pareceu ter experimentado a vida, a vida comum, em virtude de seu notório distanciamento, ele nunca atraiu sobre si a execração e a desconfiança comumente concedidas ao mero especialista. Hedonista, humanista, esportista, filósofo, acadêmico, encantador, espirituoso; um daqueles raros ingleses cuja fortuna é nascer equipado com uma mente verdadeiramente adulta. Seus colegas e subordinados ficavam alternadamente encantados e enfurecidos por sua suposta relutância em lidar com qualquer questão prática. Era difícil obter um sim ou um não do homem. Quanto mais importante era uma questão, mais levianamente ele lidava com ela. "Sim", escrevia no final de um memorando que expunha as vantagens de duas linhas opostas de política; e seus mirmidões passavam as mãos na testa, perturbados. "Ele foi destruído como estadista", diziam, "porque sempre via os dois lados do caso"; mas, mesmo quando afirmavam isso com exasperação, não era o que queriam dizer, pois sabiam que, ocasionalmente, quando estivesse finalmente encurralado, lorde Slane seria mais incisivo, mais mortal do que qualquer um sentado de modo confiante, com ares de importância, em uma mesa governamental. Ele podia lançar seu olhar sobre um relatório e identificar seu cerne e suas fraquezas antes que outro homem tivesse tempo de lê-lo. Com sua maneira requintadamente educada, ele aniquilaria igualmente o otimismo e a miopia de seu correspondente. Sempre cortês e civilizado, ele deixava seus concorrentes como mortos.

Suas idiossincrasias pessoais também eram caras ao público, assim como aos caricaturistas; seu lenço de pescoço em cetim preto, seu monóculo pendurado em uma fita extravagantemente larga, os botões de coral em seu colete de noite, a carruagem Hansom particular, que manteve muito depois que os automóveis entraram na moda — por tudo isso, ele se amparava diante da confusa justiça e injustiça da lenda; e quando, aos oitenta e cinco anos, seu cavalo finalmente conseguiu vencer o Derby, nenhum homem jamais recebeu ovação maior. Somente sua esposa suspeitava o quão intimamente essas peculiaridades estavam associadas a uma política estabelecida. Sendo, por natureza, a menos cínica das criaturas, ela havia aprendido a colocar um verniz de cinismo sobre si mesma após setenta anos de associação com Henry Holland. "Querido velho", diziam os homens da City no trem; "bem, ele se foi".

Ele realmente se foi, finalmente e irrevogavelmente se foi. Assim pensou sua viúva, olhando para ele enquanto o corpo permanecia deitado em sua cama em Elm Park Gardens. As persianas não estavam abaixadas, pois ele sempre havia estipulado que, quando morresse, a casa não deveria ser escurecida, e mesmo depois de morto, ninguém teria sonhado em desobedecer às suas ordens. Ele estava lá, em plena luz do sol, poupando o pedreiro do trabalho de esculpir sua efígie. Seu bisneto favorito, a quem tudo era permitido, muitas vezes o provocava, dizendo que ele seria um belo cadáver; e agora que a piada se tornara realidade, esta se tornara impressionante por ter sido antecipada por uma piada. Seu rosto era do tipo que, mesmo em vida, alguém associa profeticamente à alta dignidade da morte. A arquitetura óssea do nariz, queixo e têmporas se destacava em maior relevo pelo leve afundamento da carne; os lábios assumiram uma linha mais firme, e uma vida inteira de sabedoria estava selada atrás deles. Além disso, e mais importante, lorde Slane parecia tão elegante na morte quanto parecia em vida. "Aqui", você diria mesmo que as roupas de cama o cobrissem, "está um homem dândi".

No entanto, apesar de toda a sua dignidade, a morte trouxe uma revelação. O rosto que fora tão nobre em vida perdeu um pouco de sua nobreza na morte. Os lábios, que foram muito bem-humorados para serem desagradavelmente sarcásticos, agora traíam sua magreza; a ambição cuidadosamente escondida agora se revelava completamente na curva orgulhosa da narina. A dureza que se disfarçara sob a atitude encantadora agora permanecia sozinha, roubada da proteção de um sorriso. Ele ainda era bonito, porém menos agradável. Sozinha no quarto, sua viúva o contemplava, cheia de pensamentos que teriam surpreendido muito seus filhos, se eles pudessem ler sua mente.

Seus filhos, no entanto, não estavam lá para observá-la. Eles estavam reunidos na sala de estar, todos os seis; mais duas esposas e um marido, que elevavam o número para nove. Uma reunião familiar suficientemente formidável – velhos corvos pretos, pensou Edith, a mais nova, que estava sempre agitada e sempre tentando resumir os acontecimentos na forma de uma frase, como se despejasse água em um jarro, porém grandes torrentes de significado e implicação invariavelmente transbordavam e se perdiam. Tentar recapturá-las depois que haviam se derramado era tão inútil quanto tentar segurar a água na mão. Talvez, se alguém tivesse um caderno e um lápis sempre prontos – mas então o pensamento se perderia enquanto se procurasse a palavra certa; e, além disso, seria difícil usar um caderno sem que todos vissem. Taquigrafia? – mas não se deve deixar os pensamentos correrem assim; deve-se disciplinar a mente, mantendo a atenção no assunto presente, como outras pessoas pareciam fazer sem nenhuma dificuldade; embora, com certeza, se alguém não tivesse aprendido essa lição aos sessenta anos, provavelmente nunca a aprenderia. Uma formidável reunião familiar, pensou Edith, voltando: Herbert, Carrie, Charles, William e Kay; Mabel, Lavinia; Roland. Eles foram em grupos: os próprios Hollands, as cunhadas, o cunhado, e então eles se classificaram de forma diferente: Herbert e Mabel, Carrie e Roland; Charles; William e Lavinia; e Kay sozinho. Não era sempre que todos se encontravam juntos, nenhum faltando – curioso, pensou Edith, que fosse a Morte a convocá-los, como se todos os vivos corressem instantaneamente juntos buscando proteção e apoio mútuo. Meu Deus, quantos anos todos nós devemos ter? Herbert deve ter sessenta e oito, e eu tenho sessenta; o Papai tinha mais de noventa e a Mamãe tem oitenta e oito. Edith, que tinha começado a somar suas idades totais, surpreendeu muito a todos ao perguntar:

— Quantos anos você tem, Lavinia?

Assim, surpresos, eles repreenderam Edith com o olhar; mas assim era a Edith, por completo, ela nunca ouvia o que estava sendo dito, e então, de repente, saía com algum comentário irrelevante. Edith poderia ter dito a eles que, durante toda a sua vida, ela tinha tentado dizer o que queria dizer, e nunca havia conseguido. Com muita frequência, ela dizia exatamente o oposto do que queria dizer. Seu terror era o de um dia usar uma palavra indecente por engano. "Não é esplêndido que o Papai esteja morto?", poderia dizer, em vez de "Não é terrível?"; e havia outras possibilidades, ainda mais assustadoras, pelas quais alguém poderia usar uma palavra realmente terrível, o tipo de palavra que os açougueiros rabiscavam a lápis nas paredes caiadas do corredor da despensa, e sobre a qual era preciso falar, muito evasivamente, com o cozinheiro. Uma tarefa desagradável; o tipo de tarefa que cabia a Edith em Elm Park Gardens e a mil Ediths por toda Londres. Mas dessas preocupações, sua família nada sabia.

Eles ficaram satisfeitos agora ao ver que ela corou, e que suas mãos se ergueram nervosamente para brincar com os fios grisalhos de seu cabelo. O gesto implicava que ela não havia falado. Tendo-a reduzido a essa confusão, eles retornaram à conversa, adequadamente abafada e melancólica. Até mesmo as vozes de Herbert e Carrie, habitualmente insistentes, estavam mais baixas. O pai deles estava deitado no andar de cima, e a mãe estava com ele.

"Mãe é maravilhosa."

Repetidamente, eles tinham reiterado aquela frase, pensou Edith. Havia surpresa em seus sotaques, como se esperassem que sua mãe berrasse, delirasse, gritasse, se entregasse ao desespero. Edith sabia muito bem que seus irmãos e irmãs alimentavam secretamente a teoria de que sua mãe era uma simplória. De vez em quando, ela deixava escapar comentários que não podiam ser conciliados com o senso comum; ela não tinha noção do mundo como ele era; era propensa a dizer coisas impetuosas que, embora fossem pronunciadas no próprio idioma, não faziam mais sentido do que se tivessem sido ditas em uma língua de outro planeta. A Mamãe é uma criança trocada, costumavam dizer educadamente, com os sotaques agridoces reservados para uma piada de família; mas agora, nessa emergência, eles encontraram uma nova frase: A Mamãe é maravilhosa. Era o que se esperava que eles dissessem, então o disseram várias vezes, como um refrão surgindo periodicamente em sua conversa, elevando-a a um patamar mais alto. Depois, caía novamente; tornava-se prática. Mamãe era maravilhosa, mas o que fazer com a Mamãe? Evidentemente, ela não poderia continuar sendo maravilhosa pelo resto da vida. Em algum lugar, de alguma forma, ela deveria ter permissão para desmoronar e, depois que isso acabasse, deveria ser guardada; abrigada, cuidada. Lá fora, nas ruas, os cartazes poderiam brilhar: MORTE DE LORDE SLANE. Os jornalistas poderiam correr para cima e para baixo no coração da imprensa londrina, a Fleet Street, montando suas matérias; poderiam se lançar sobre os escaninhos - aquele macabro columbário - onde os avisos de falecimentos eram armazenados para pronta utilização; poderiam invadir as informações uns dos outros: "Então, é verdade que o velho Slane sempre carregava seu dinheiro em moedas de cobre? Que usava sapatos com solas de borracha natural? Que molhava seu pão no café?" Qualquer coisa para fazer um bom parágrafo. Os garotos do telégrafo tocariam a campainha, apoiando suas bicicletas vermelhas no meio-fio, entregando suas mensagens de condolências vindas do mundo inteiro, de todas as partes do Império, especialmente dos lugares onde lorde Slane havia cumprido seu mandato de governo. Floristas entregariam as coroas - o estreito salão já estava cheio delas.

— Indecentemente cedo — disse Herbert, no entanto, espiava com ciúmes os cartões anexados através de seu monóculo.

Velhos amigos poderiam chamar:

— Herbert, tão terrivelmente repentino. É claro, eu não esperava ver sua querida Mamãe...

Mas obviamente haviam esperado por isso, esperavam ser a única exceção, e Herbert os mandava para casa, quase se divertindo com isso: "A Mãe, o senhor entende, está, naturalmente, bastante abalada; maravilhosa, devo dizer; mas, neste momento, entenderá, tenho certeza, ela não está recebendo ninguém além de nós"; e assim, com muitos apertos de mão de Herbert, eles partiam, não tendo ido além do hall ou do degrau da porta. Repórteres ficavam na calçada, balançando câmeras como se fossem sanfonas pretas. Tudo isso talvez acontecesse do lado de fora da casa, mas, dentro dela, no andar de cima, a Mãe estava com o Pai e o problema do futuro dela pesava sobre seus filhos e filhas.

Era óbvio que ela não questionaria a sabedoria de quaisquer arranjos que eles escolhessem fazer. A Mãe não tinha vontade própria; durante toda a sua vida, graciosa e gentil, ela tinha sido totalmente submissa - um apêndice. Presumia-se que ela não tinha cérebro suficiente para ser autônoma. "Graças a Deus", Herbert às vezes comentava, "a mãe não é uma dessas mulheres inteligentes." Que ela pudesse ter ideias que guardava para si nunca passou pela cabeça deles. Eles não previam problemas com a mãe. Que ela pudesse se virar e pregar uma peça neles – várias peças – depois de anos sendo apenas uma presença adorável e esvoaçante entre eles, também nunca entrara em seus cálculos. Ela não era uma mulher inteligente. Seria grata a eles por terem organizado os poucos anos que lhe restavam.

Eles estavam de pé na sala de estar, formando um grupo, desconfortavelmente mudando de um pé para o outro, mas nunca lhes ocorreu sentar-se. Teriam pensado que era desrespeitoso. Apesar de todo o seu bom senso, a morte, mesmo uma morte esperada, os desconcertava um pouco. Ao redor deles pairava aquele ar inquieto e instável que acompanha aqueles que estão prestes a partir em uma viagem ou aqueles cujas vidas foram seriamente perturbadas. Edith gostaria de se sentar, mas não ousou. Quão altos eram todos, pensou. Altos, trajados de preto e idosos, já com seus próprios netos. Que sorte, ela prosseguiu em seus pensamentos, que todos nós usamos tanto preto habitualmente, pois certamente ainda não estaríamos de luto, e quão terrível teria sido para Carrie chegar com uma blusa rosa. Mas, de fato, todas as blusas de Carrie eram pretas como corvos, e suas luvas pretas estavam sobre a escrivaninha com sua boá e sua bolsa. As mulheres da família Holland ainda usavam boás, golas altas e saias longas que tinham de segurar quando atravessavam a rua; qualquer concessão à moda era, sentiam, imprópria para a sua idade. Edith admirava sua irmã Carrie. Ela não a amava, e tinha medo dela, mas a admirava e invejava tremendamente. Carrie herdara o nariz aquilino e a presença imponente do pai; era alta, pálida e distinta. Herbert, Charles e William eram altos e distintos também; apenas Kay e Edith eram atarracados. Os pensamentos de Edith estavam se desviando novamente. Talvez Kay e eu pertençamos a uma família diferente, ela pensou. Kay, na verdade, era um velhinho rechonchudo, com olhos azuis brilhantes e uma barba branca bem cuidada; nisso, novamente, ele diferia de seus irmãos, que eram barbeados. Que coisa estranha era a aparência, e quão injusta.

Ditava os termos de como os demais nos avaliariam ao longo de toda a vida. Se alguém parecesse insignificante, seria considerado insignificante; e, ainda assim, esse alguém provavelmente não pareceria insignificante, a menos que merecesse. Mas Kay parecia bem feliz; não se preocupava com significância, ou com qualquer outra coisa. Seus aposentos de solteiro e sua coleção de bússolas e astrolábios pareciam satisfazê-lo tão bem quanto a estima pública, ou uma esposa e uma vida mais pessoal. Pois ele era a maior autoridade viva em globos, bússolas, astrolábios e qualquer instrumento semelhante; Kay sortudo, pensou Edith, por ter se concentrado com tanta satisfação em um pequeno departamento. (Símbolos curiosos, no entanto, para alguém que nunca amou o mar nem escalou uma montanha; para ele, eram peças de colecionador, classificadas e etiquetadas, mas para Edith, a romântica, um vasto mundo escuro se erguia além dos pequenos objetos de bronze e mogno, sua complexidade de pivôs e cardans, discos e círculos, o bronze ouro-da-Guiné e a madeira marrom-noz, os signos do Zodíaco e os golfinhos jorrando no oceano; um vasto mundo escuro onde nada estava mapeado, exceto regiões de perigo e incerteza, e onde homens esfarrapados mastigavam balas para aplacar a sede).

— Então, há a questão da renda — William dizia.

Era muito característico do irmão misturar o futuro da mãe com questões de renda; pois, para William e Lavinia, a parcimônia era, por si só, uma carreira. Uma maçã machucada por ter caído prematuramente da árvore deve ser imediatamente transformada em um bolinho para que não seja desperdiçada. O desperdício era o bicho-papão da vida de William e Lavinia. O próprio jornal deveria ser enrolado e mergulhado em querosene para economizar em fósforos. Eles tinham uma paixão por ganhar algo por nada. Cada amora encontrada na sebe era uma agonia para Lavinia até que a transformasse em geleia. Vivendo como viviam em Godalming, com dois acres de terra, eles passavam noites dolorosamente felizes calculando se um porco poderia ser rentável utilizando-se as sobras da casa e se uma dúzia de galinhas poderia contrabalançar a quantidade de milho consumida e os ovos botados. Bem, pensou Edith, eles devem gastar muito tempo com uma preocupação tão constante; mas quão infelizes deviam ficar ao pensar em todos os sacos de ouro desperdiçados desde que se casaram. Deixe-me ver, prosseguiu consigo mesma, William é o quarto, então ele deve ter sessenta e quatro anos; deve estar casado há trinta anos, então, se eles gastaram mil e quinhentas libras por ano - com a educação dos filhos e tudo -, isso dá quarenta e cinco mil libras; sacos e sacos de tesouros, como aqueles que os mergulhadores estão sempre procurando em Tobermory. Mas Herbert estava dizendo algo. Herbert estava sempre cheio de informações, e o surpreendente era que, para um homem tão imbecil, geralmente estava correto.

— Posso dizer-lhes tudo sobre essa questão.

Ele colocou dois dedos dentro do colarinho, ajustou-o, sacudindo o queixo para cima, limpou a garganta e lançou um olhar preliminar para seus parentes.

— Posso dizer-lhes tudo sobre essa questão. Eu discuti com o Pai; ele me acolheu, posso dizer assim, em sua confiança. Sim! O Pai, como vocês sabem, não era um homem rico, e a maior parte de sua renda morre com ele. Mãe ficará com uma renda líquida de quinhentas libras por ano.

Eles digeriram esse fato. William e Lavinia trocaram olhares, e era possível ver que suas mentes estavam envolvidas em cálculos rápidos e experientes. Edith, que, entre seus parentes, era tida, de forma reservada, como uma idiota, às vezes podia ser surpreendentemente astuta - ela tinha o hábito de ver, através das palavras das pessoas, até seus motivos, e de declarar suas deduções com uma franqueza que era desconcertante em vez de discreta. Ela sabia muito bem agora o que William estava prestes a dizer, embora, pela primeira vez, ela tenha segurado a língua. No entanto, riu para si mesma quando o ouviu dizer:

— Suponho que o Papai não mencionou as joias durante suas confidências, não é, Herbert?

— Mencionou sim. As joias, como você sabe, não formam a parte menos valiosa de seu patrimônio. Elas eram de sua propriedade privada, e achou por bem deixá-las incondicionalmente para a Mãe.

Isso é como um tapa para Herbert e Mabel, pensou Edith. Suponho que eles esperavam que o pai deixasse as joias, como relíquias de família, para seu filho mais velho. Um olhar para o rosto de Mabel mostrou a ela, no entanto, que o anúncio não foi nenhuma surpresa. Evidentemente, Herbert já havia repetido o que seu pai confidenciara para a esposa — e Mabel tivera sorte, pensou Edith, se Herbert não demostrara irritação contra ela por não conseguir transformá-lo em um herdeiro bem-sucedido.

— Nesse caso — disse William decisivamente; pois embora ele e Lavinia tivessem esperanças de receber uma parte das joias, era agradável pensar que Herbert e Mabel também tinham ficado decepcionados. — Nesse caso, mamãe certamente desejará vendê-las. E com razão. Por que ela deveria manter um monte de joias inúteis no banco? Na minha opinião, as joias devem render de cinco a sete mil libras, se administradas corretamente.

— Contudo, mais importante do que a questão das joias ou da renda — Herbert prosseguiu —, é a questão de onde a Mamãe vai morar. Ela não pode ser deixada sozinha. De qualquer forma, ela não poderia se dar ao luxo de manter esta casa. Ela deve ser vendida. Para onde, então, ela deve ir? — Outro olhar. — Claramente, é nosso dever cuidar dela. Ela deve fazer seu lar entre nós.

Era como um discurso preparado.

Todas essas pessoas velhas, pensou Edith, descartando uma pessoa ainda mais velha! Ainda assim, parecia inevitável. A Mãe dividiria seu ano: três meses com Herbert e Mabel, três com Carrie e Roland, três com Charles, três com William e Lavinia. Então, onde ela e Kay entravam? Subindo mais uma vez à superfície de suas reflexões, ela lançou uma de suas observações repentinas e mal escolhidas:

— Certamente, sou eu quem deverá suportar o fardo. Sempre morei em casa, sou solteira.

— Fardo? — disse Carrie, virando-se para ela.

Edith foi instantaneamente aniquilada.

— Fardo? Minha querida Edith! Quem falou em fardo? Tenho certeza de que todos nós consideraremos uma alegria, um privilégio, fazer nossa parte em cuidar da Mãe nestes últimos e tristes anos de sua vida; porque suponho que devam ser tristes, privados da única coisa pela qual ela viveu. Fardo, eu acho, está longe de ser a palavra, Edith.

Edith concordou, subserviente: não era. Falado assim, repetido várias vezes, sem o apoio de sua pequena expressão usual, adquiriu uma aparência estranha e grosseira, como mosca sem morta, alho sem bugalho, andorinha sem verão. Tornou-se uma palavra rude e primitiva, como repolho ou traste, fardo, falha; uma palavra falha. E o que significava suportar o fardo? O que era um fardo, afinal? Não, fardo não era a palavra.

— Bem — disse Edith —, acho que devo morar com a Mamãe.

Ela viu o alívio se espalhar pelo rosto de Kay; ele havia estado pensando, isso era evidente, em seus pequenos quartos aconchegantes e sua coleção. A voz de Herbert era como uma trombeta ameaçando as paredes de sua Jericó. Os outros também consideraram Edith e a possibilidade que ela lhes oferecia. A filha solteira; ela era a solução óbvia. Mas os Hollands não eram pessoas que fugiam de um dever, e quanto mais irritante o dever, menos provável era que eles o evitassem. Alegria era uma questão que raramente consideravam, mas o dever estava sempre presente, sempre sério e às vezes sombrio. A energia de seu pai havia passado para eles, azedando um pouco no caminho. Carrie falou por seus parentes. Carrie era boa; mas, como tantas pessoas boas, ela sempre conseguia causar discórdia entre todos.

— Certamente, há algo no que Edith diz. Ela sempre morou em casa, e a mudança não seria muito grande para ela. Sei, é claro, que ela sempre desejou independência e um lar próprio; a querida Edith — disse ela, com um sorriso vago. — Mas, com toda razão, do meu ponto de vista — prosseguiu —, ela se recusou a deixar o Pai e a Mãe enquanto pudesse ser útil para eles.

Sinto agora, no entanto, que todos nós devemos fazer a nossa parte. Não devemos tirar vantagem do altruísmo de Edith, ou de Mãe. Tenho certeza de que falo por você também, Herbert, e por você, William. Seria muito benéfico para ela se, em vez de ir para uma nova casa, ela pudesse fazer seu lar entre todos nós, de modo alternado.

— Exatamente — concordou Herbert, aprovando, e de novo ajustando sua gola. — Exatamente, exatamente.

William e Lavinia novamente trocaram olhares.

— É claro — William começou. — Apesar de nossa renda limitada, Lavinia e eu sempre ficaríamos felizes em receber a Mamãe. Ao mesmo tempo, acho que algum arranjo financeiro deveria ser feito. Muito mais satisfatório para a Mamãe. Ela, então, não sentiria constrangimento. Duas libras por semana, talvez, ou trinta e cinco xelins...

— Eu concordo plenamente com William — disse Charles, inesperadamente. — Falando por mim, a pensão de um general é tão absurdamente inadequada que eu acharia um hóspede adicional um sério dreno em meus recursos. Como sabem, vivo muito modestamente em um pequeno apartamento. Não tenho um quarto extra. Claro, tenho esperanças de que a questão das pensões possa algum dia ser ajustada. Escrevi um longo memorando para o Ministério da Guerra sobre isso, também uma carta para o *The Times*, que, sem dúvida, estão mantendo guardada até que se apresente alguma ocasião adequada, pois ainda não a publicaram, embora, confesso, veja muito pouca esperança de reforma sob este atual governo miserável. — Charles bufou. Ele sentiu que aquele era um discurso bastante bom e olhou em volta para sua família em busca de aprovação. Ele não era o general Sir Charles Holland à toa.

— Não seria bastante delicado... — começou a nova Lady Slane.

— Fique quieta, Mabel! — exclamou Herbert. Raramente ele dirigia qualquer outra frase à esposa, e Mabel também não conseguia ir além de suas quatro ou cinco palavras iniciais. — Este é um assunto inteiramente de família, por favor. Em todo caso, não pode ser discutido em detalhes até depois de...

hum, do funeral do pobre Pai. Não sei bem como esse assunto desagradável surgiu. — (Essa é para William, pensou Edith.) — Enquanto isso, a Mamãe deve, é claro, ser nossa primeira consideração. Qualquer coisa que possa ser feita para poupar seus sentimentos... Afinal, devemos lembrar que a vida dela está despedaçada. Vocês sabem que ela viveu apenas para o Papai. E deveríamos ser justificada e seriamente censurados se a abandonássemos agora à sua solidão.

Ah, então é isso, pensou Edith: o que as pessoas diriam? Então eles pretendiam combinar a boa opinião das pessoas com um pouco do dinheiro da pobre Mãe. Briga, briga!, pensou ela - pois já havia tido um gostinho anterior de discussões familiares; eles brigariam por semanas sobre a Mãe como cães por um osso velho, muito velho. Só Kay tentará ficar de fora. William e Lavinia serão os piores; desejarão ter a Mãe como hóspede pagante, e então olhar de cima para baixo enquanto seus amigos os elogiam. E Carrie exibirá um ar de alto martírio. Esse é o tipo de coisa que acontece quando as pessoas morrem. Então ela descobriu que, por baixo dessa corrente de pensamento, havia outra corrente, preocupada em se ela agora seria capaz de viver de forma independente; ela viu o pequeno apartamento que seria seu; a alegre sala de estar; o único criado e a chave do portão; e as noites na lareira com um livro. Não ter mais que responder cartas para o Pai; não ter mais que acompanhar a Mãe quando ia inaugurar enfermarias de hospital; não ter mais que somar os registros domésticos; não mais levar o Pai para passear no parque. E, finalmente, ela poderia ter um canário. Como ela poderia evitar esperar que Herbert, Carrie, Charles e William dividissem a Mãe entre eles? Apesar de chocada com o descaramento deles, ela reconheceu, interiormente, que não era melhor do que o resto de sua família.

Edith tinha medo de ser deixada naquela casa estranha, sozinha com sua mãe viva e seu pai morto. Ela não conseguia admitir seu medo, mas fez tudo ao seu alcance para adiar a partida de seus irmãos e irmã. Até Carrie e Herbert, de quem ela não gostava muito, e Charles e William, a quem desprezava, tornaram-se desejáveis para ela como presença e companhia. Ela inventou pretextos para mantê-los por perto, temendo o momento em que a porta finalmente se fecharia atrás deles. Até Kay teria sido melhor do que nada. Mas Kay escapuliu dela antes dos outros. Ela o seguiu até o patamar da escada; ele se virou para ver quem o seguia; virou-se, com sua barbichinha branca bem cuidada e sua barriguinha confortável, atravessada por uma corrente de relógio.

— Você está de saída, Kay?

Ele se irritou, porque imaginava uma reprimenda no tom de Edith, quando, na verdade, deveria ter percebido apenas um apelo. Irritou-se, pois já sentia uma ponta de remorso por querer honrar um compromisso; será que deveria, em vez disso, ter permanecido para o jantar em Elm Park Gardens? Então, ele tranquilizou a consciência, refletindo que não deveria dar nenhum trabalho extra aos empregados. Por isso, quando Edith correu atrás dele, ele se virou, parecendo tão pacientemente aborrecido quanto lhe era possível.

— Você está de saída, Kay?

Kay estava indo. Precisava jantar. Poderia voltar mais tarde, se Edith achasse desejável. Acrescentou isso, agindo como um covarde, embora indulgente consigo mesmo, e ansioso por evitar qualquer desconforto, a qualquer custo. Felizmente para ele, Edith também era covarde e imediatamente se retratou de qualquer reprovação ou apelo que sua perseguição pudesse ter tido a intenção de transmitir.

— Ah, não, Kay, claro que não; por que você voltaria? Eu cuidarei da Mãe. Você virá amanhã de manhã?

— Sim — disse Kay, aliviado.

Ele viria na manhã seguinte. Cedo. Eles se beijaram. Não se beijavam havia muitos anos; mas esse era um dos estranhos efeitos da morte: irmãos e irmãs mais velhos encostavam os lábios na bochecha um do outro. Seus narizes, por falta de costume, atrapalhavam. Ambos olharam para o escuro vão da escada, depois do beijo, na direção do andar onde o pai jazia, e então, subitamente constrangido, Kay desceu rapidamente as escadas. Sentiu um alívio ao sair para a rua. Uma noite de maio. Londres seguia seu curso normalmente; táxis passando na King's Road; e FitzGeorge esperando-o no clube. Ele não deveria fazer Fitz esperar. Não iria de ônibus. Pegaria um táxi.

FitzGeorge era seu amigo mais antigo, na verdade, seu único amigo. Havia mais de vinte anos de diferença entre eles, mas, depois dos sessenta, essas discrepâncias começam a diminuir. Os dois senhores compartilhavam muitos gostos. Ambos eram colecionadores fervorosos, sendo a única diferença entre eles a da riqueza. FitzGeorge era riquíssimo, um milionário. Kay Holland era pobre – todos os Hollands eram relativamente pobres; seu pai havia sido vice-rei da Índia. FitzGeorge podia comprar o que quisesse, mas era tão excêntrico que vivia como um pobre no andar superior de uma casa na Bernard Street e só se alegrava com uma obra de arte se tivesse sido uma descoberta sua e uma pechincha. Como possuía um extraordinário instinto para descobertas e pechinchas – encontrando Donatellos inesperados nos porões de grandes lojas de móveis na Tottenham Court Road –, ele havia acumulado, a baixo custo (para sua própria alegria e para a invejosa, porém exasperada, admiração de Kay Holland), uma coleção variada, cobiçada tanto pelo Museu Britânico quanto pelo Museu de South Kensington. Ninguém sabia o que ele faria com seus tesouros. Era tão provável que os deixasse para Kay Holland quanto que fizesse uma fogueira com eles em Russell Square. Ele não tinha herdeiros conhecidos, assim como não tinha progenitores conhecidos. Enquanto isso, mantinha seus tesouros bem próximo de si; as poucas pessoas que tinham o privilégio de visitá-lo em seus dois quartos saíam contando histórias de figuras Ming enroladas em um par de meias, desenhos de Leonardo empilhados na banheira e cerâmicas elamitas dispostas nas cadeiras. Certamente, durante a visita, era preciso permanecer de pé, pois não havia uma cadeira livre para sentar-se, e tigelas de jade precisavam ser removidas antes que o sr. FitzGeorge oferecesse, a contragosto, uma xícara do chá mais barato, colocando a chaleira para ferver em um fogareiro a gás. Os únicos visitantes a receberem um segundo convite eram aqueles que haviam recusado o chá.

Quase todo mundo o conhecia de vista. Quando as pessoas viam seu chapéu quadrado e seu casaco antiquado entrando na Christie's, diziam: "Lá vai o velho Fitz". Inverno ou verão, seu traje nunca variava: chapéu quadrado, casaco e, geralmente, um embrulho debaixo do braço. O que havia dentro do embrulho nunca era revelado, poderia ser uma xícara de Dresden ou um arenque defumado para o jantar do sr. FitzGeorge. Os londrinos sentiam afeição por ele, como um de seus genuínos excêntricos, mas ninguém, nem mesmo Kay Holland, teria sonhado em chamá-lo de Fitz diretamente, por mais que dissessem com naturalidade "Lá vai o velho Fitz" ao vê-lo passar. Diziam que o evento mais feliz de sua vida tinha sido a morte do lorde Clanricarde; naquele dia, o velho Fitz havia caminhado pela St James's Street com uma flor na lapela do paletó, e todos os outros cavalheiros sentados nas janelas dos clubes sabiam perfeitamente o motivo.

Embora o sr. FitzGeorge e Kay Holland fossem amigos há cerca de trinta anos, não havia nenhuma intimidade pessoal entre eles. Quando se sentavam juntos para jantar – um espetáculo bastante familiar no Boodle's ou no Thatched House Club, cada um pagando sua parte e bebendo água de cevada –, eles discutiam preços e catálogos tão incansavelmente quanto os amantes discutem suas emoções, mas, além disso, nada sabiam um do outro. O sr. FitzGeorge sabia, claro, que Kay era filho do velho Slane, mas Kay também não sabia mais sobre a ascendência do sr. FitzGeorge do que qualquer outra pessoa. Provavelmente, o próprio FitzGeorge também não sabia nada sobre isso; era o que as pessoas diziam, baseando suas suspeitas no prefixo sugestivo de seu nome. Certamente, Kay nunca lhe perguntara; nunca havia sequer insinuado qualquer curiosidade sobre o assunto. Sua relação era belamente distanciada. Isso explica por que o sr. FitzGeorge aguardava a chegada de Kay com certa perturbação, ciente de que deveria fazer alguma alusão ao luto dos Hollands, mas hesitando em infringir o entendimento tácito entre eles. Ele se sentia incomodado com Kay; era falta de consideração da parte dele ter perdido o pai, falta de consideração da parte dele não ter cancelado o compromisso; no entanto, o sr. FitzGeorge sabia muito bem que um compromisso cancelado era um crime que ele nunca perdoava. Muito irritado, observava a aproximação de Kay, tamborilando na janela do Boodle's. Precisava dizer alguma coisa, supôs; era melhor fazê-lo logo e acabar com aquilo. Será que Kay iria se atrasar? Ele nunca havia se atrasado para um compromisso em trinta anos; nunca havia se atrasado e nunca tinha deixado de aparecer. O sr. FitzGeorge tirou do bolso um enorme relógio de prata, que lhe custara cinco xelins, e conferiu as horas. Oito e dezessete. Comparou-o com o relógio no Palácio de St James. Kay estava atrasado; dois minutos inteiros! Mas, em seguida, lá estava ele, saindo de um táxi.

— Boa noite — disse Kay, entrando no salão.

— Boa noite — respondeu o sr. FitzGeorge. — Está atrasado.

— Meu Deus, estou mesmo. Vamos iniciar o jantar imediatamente. Podemos?

Durante o jantar, eles conversaram sobre um par de tigelas de Sèvres que o sr. FitzGeorge afirmou ter descoberto na Fulham Road. Kay, que também as havia visto, opinou que eram falsas, e essa divergência levou a uma daquelas discussões de que ambos os senhores tanto gostavam. Contudo, naquela noite, o prazer do sr. FitzGeorge foi estragado; ele não dissera o que pretendia dizer, e, a cada momento, tornava-se mais constrangedor e impossível fazê-lo. Sua irritação em relação a Kay aumentava. Foi a primeira refeição malsucedida que tiveram juntos, e a decepção fez com que o sr. FitzGeorge refletisse que toda amizade era um erro; ele lamentou, irritado, ter se envolvido com Kay; outras pessoas sempre haviam sido mantidas a uma distância segura, um sistema muito louvável; era um erro, um grande erro, admitir exceções. Ele lançou um olhar carrancudo para Kay, que bebia sua água de cevada e limpava cuidadosamente sua barba bem aparada, alheio à hostilidade que estava despertando.

— Café? — perguntou o sr. FitzGeorge.

— Acredito que sim. Sim, café!

Coitado, ele parece cansado, pensou o sr. FitzGeorge de repente; não tão elegante quanto de costume; está um pouco abatido, tem feito um esforço para conversar.

— Quer um conhaque? — perguntou.

Kay levantou a cabeça, surpreso. Eles nunca pediam conhaque.

— Não, obrigado.

— Sim. Garçom, por favor, traga um conhaque para o sr. Holland. Coloque na minha conta.

— Eu realmente... — começou Kay.

— Besteira! Garçom, o melhor conhaque; o de 1840. No fim das contas, Holland, eu o vi no berço. O conhaque de mil oitocentos e quarenta tinha apenas trinta anos na época. Então não faça alarde.

Kay não fez alarde, embora estivesse surpreso com aquela repentina revelação de que o velho Fitz o vira no berço. Sua mente se lançou desvairada no tempo e no espaço. Tempo: 1874; espaço: Índia. Então, o velho Fitz devia ter estado na Índia em 1874.

— Nunca me contou que esteve em Calcutá naquela época — disse Kay, bebendo seu conhaque enquanto acariciava sua barbicha à la Van Dyck.

— Não contei? — respondeu o velho Fitz de forma negligente, como se isso não tivesse importância. — Bem, eu estive. Meus tutores não aprovavam universidades e, em vez disso, me mandaram dar a volta ao mundo. (Revelações estranhas! Então o velho Fitz, em sua adolescência, havia sido controlado por tutores?). — Seus pais foram muito gentis comigo — continuou o sr. FitzGeorge. — Naturalmente, seu pai, como vice-rei, não tinha muito tempo livre, mas sua mãe, lembro-me, era extremamente gentil; encantadora. Ela era jovem naquela época; jovem e adorável. Lembro-me de pensar que ela era a coisa mais adorável que eu já havia visto na Índia... Mas você está errado sobre essas tigelas mesmo assim, Holland. Você não sabe nada sobre porcelana; nunca soube, nunca saberá. É um gosto refinado demais para você. Deveria se limitar às quinquilharias, como seus astrolábios. Isso é tudo para o que você serve. Achar-se um especialista em porcelana, quem dera! E contra mim, que já esqueci mais sobre porcelana do que você jamais aprendeu.

Kay estava bastante acostumado àquele tipo de abuso; ele gostava de ser intimidado pelo velho Fitz; dava-lhe um leve tremor de prazer. Ele ficou sentado, ouvindo, enquanto o velho amigo lhe dizia que ele não merecia o título de especialista e que teria feito muito melhor se tivesse se dedicado a colecionar selos. Ele sabia que Fitz não queria dizer nada daquilo, mas gostava de provocá-lo como um velho pombo, bicando e cortejando, enquanto Kay desviava o rosto e esquivava-se dos ataques, rindo um pouco, de leve, com um ar ligeiramente malicioso, olhando para a toalha de mesa e mexendo nos garfos e facas. O relacionamento deles havia, milagrosamente, voltado ao normal, e o ânimo do sr. FitzGeorge se elevou tanto com esse restabelecimento que ele disse, em seguida, que estava decidido a tomar um conhaque também. Ele tinha esquecido completamente aquela alusão difícil que pretendia fazer, ou pensava que tinha esquecido, mas talvez estivesse realmente em sua mente o tempo todo, pois, quando saíram juntos do clube e ficaram parados nos degraus, prontos para se despedir, enquanto Kay colocava suas luvas de camurça - o sr. FitzGeorge nunca tinha tido um par de luvas em toda a sua vida, mas Kay Holland nunca era visto sem suas mãos enluvadas em um amarelo-manteiga -, para sua própria surpresa, ele se ouviu dizer:

— Lamento saber sobre seu pai, Holland.

Lá estava, ele tinha dito, e a St James's Street não havia se aberto para engoli-lo. Estava dito; tinha sido até bem fácil, na verdade. Mas o que, afinal, o estava levando a ir além e fazer a proposta mais inacreditável e desnecessária?

— Talvez algum dia possa me levar para visitar lady Slane.

Ora, o que o havia possuído para dizer isso? Kay pareceu surpreso; e não era para menos.

— Oh, sim. Sim, claro. Se quiser vir — disse ele apressadamente. — Bem, boa noite; boa noite. — E saiu rapidamente, enquanto o velho Fitz ficou olhando para ele, imaginando se havia tornado impossível para si mesmo ver Kay Holland novamente.

A casa estava estranha – assim Edith seguiu seus pensamentos –, havia um contraste tão grande entre o que acontecia dentro e o que acontecia fora. Do lado de fora, tudo era barulho, brilho e publicidade, com os cartazes, os repórteres ainda rondando as grades do terreno, as conversas sobre a Abadia de Westminster e os discursos nas duas Casas do Parlamento. Por dentro, tudo era silencioso e reservado, como uma conspiração; os empregados sussurravam, as pessoas subiam e desciam as escadas sem fazer barulho; e sempre que lady Slane entrava na sala, todos paravam de falar, levantavam-se, e alguém certamente se adiantava para guiá-la gentilmente até uma cadeira. Eles a tratavam como se ela tivesse sofrido um acidente ou perdido temporariamente o juízo. Ainda assim, Edith tinha certeza de que sua mãe não queria ser conduzida até cadeiras, nem ser beijada tão reverente e silenciosamente, muito menos que lhe perguntassem se tinha certeza de que não preferia jantar em seu quarto. A única pessoa que a tratava com normalidade era Genoux, sua antiga camareira francesa, que era quase tão velha quanto lady Slane e havia estado com ela por toda a sua vida de casada. Genoux se movimentava pela casa de forma tão barulhenta como sempre, falando consigo mesma, como de costume, murmurando sobre seus próximos afazeres em sua mistura extraordinária com o francês. Ela invadiu sem cerimônia a sala de visitas em busca da patroa, sem lhe importar quem estivesse lá, e horrorizou a família reunida ao perguntar:

— *Pardon, miladi, est-ce que ça vaut la peine d'envoyer les* camisas *de milorde* para lavar?

Todos olharam para lady Slane como se esperassem que ela desmoronasse instantaneamente, como um vaso após uma batida, mas ela respondeu, em sua voz calma de sempre, que sim, que as camisas de milorde certamente precisavam ser enviadas para lavar, e então, virando-se para Herbert, disse:

— Não sei o que gostaria que eu fizesse com as coisas de seu pai, Herbert; parece um desperdício dar tudo ao mordomo, e, de qualquer forma, não lhe serviriam.

Sua mãe e Genoux, pensou Edith, são as únicas que se recusam a adaptar-se à estranheza da casa, refletiu. Ela podia ler a desaprovação nos olhos de Herbert, Carrie, Charles e William; mas, naturalmente, nenhuma desaprovação poderia ser expressa abertamente. Eles só podiam insistir, implicitamente, que a convenção deles deveria ser adotada: a vida da Mamãe estava destruída. A Mamãe estava suportando tudo maravilhosamente bem, a Mamãe precisava ser protegida na privacidade de seu desastre, enquanto os assuntos necessários eram conduzidos, o contato necessário com o mundo externo era mantido, por seus filhos capazes e sua filha capaz. Edith, pobrezinha, não era de muita utilidade. Todos sabiam que Edith sempre dizia a coisa errada no momento errado e deixava sem fazer tudo o que supostamente deveria ser feito, justificando-se com a desculpa de que estava "ocupada demais"; Kay também não era de muita utilidade, mas ele mal era considerado um membro da família. Herbert, Carrie, William e Charles se colocavam entre sua mãe e o mundo exterior. De tempos em tempos, de fato, algum rumor especial conseguia passar por essa barreira: o rei e a rainha tinham enviado uma mensagem muito afetuosa - dificilmente Herbert guardaria essa notícia só para si. Huddersfield, a cidade natal de lorde Slane, queria a aprovação da família para um culto em sua memória. O rei seria representado no funeral pelo duque de Gloucester. As senhoras da Escola Real de Bordado haviam confeccionado - com grande pressa - um manto fúnebre. O primeiro-ministro carregaria uma das extremidades; o líder da oposição, a outra. O governo francês enviaria um representante; e comentava-se que o duque de Brabante poderia comparecer em nome dos belgas. Esses fragmentos de informações eram passados à sua mãe por Herbert, aos poucos e com cautela; ele estava sondando para ver como ela os receberia. Ela os recebia com completa indiferença.

— Muito gentil da parte deles, com certeza — dizia, e uma vez comentou: — Fico feliz, querido, se isso te agrada.

Herbert sentiu tanto satisfação quanto ressentimento com essa observação. Qualquer homenagem prestada a seu pai era, de certa forma, uma homenagem a si próprio, como chefe da família; ainda assim, o lugar de sua mãe era, com justiça, o centro das atenções; durante aqueles três ou quatro dias entre a morte e o enterro tudo era, com justiça, dela. Herbert orgulhava-se de seu senso de adequação. Haveria tempo de sobra, depois, para se afirmar como lorde Slane. Uma geração deve seguir nos calcanhares da outra - essa era uma lei da natureza; ainda assim, enquanto a presença física de seu pai permanecesse na casa, sua mãe tinha o direito à autoridade. Pela sua indiferença, ela estava abdicando de sua posição de forma desnecessária, inadequada e precoce. Ela deveria, postumamente, nesses três ou quatro dias, dedicar-se plenamente à memória de seu marido; qualquer violação desse direito era indecorosa. Assim era o código de Herbert. Mas, talvez, cochichava o diabinho em Edith, talvez ela tivesse sido tão completamente esgotada pelo Papai em vida que agora não se sentia motivada a se importar com sua memória.

A casa estava realmente estranha, com uma estranheza peculiar que nunca a invadira antes e que nunca a invadiria novamente. O Papai não poderia morrer duas vezes. Ao morrer, ele tinha criado essa situação específica - uma situação que, com certeza, nunca havia previsto; o tipo de situação que ninguém preveria até que realmente acontecesse. Ninguém poderia ter previsto que o Papai, sempre tão dominante, tão supremo, pelo simples ato de morrer, transformaria a Mamãe na figura mais proeminente. Sua proeminência poderia durar apenas três ou quatro dias; mas, durante esse breve período, ela deveria ser absoluta. Todos deveriam deferir. Ela, e somente ela, decidiria se as portas da Abadia de Westminster deveriam se abrir ou não; uma nação deveria aguardar sua decisão; e um deão e um capelão se submeteriam aos seus desejos. Muito gentilmente e com cautela, ela deveria ser consultada sobre cada aspecto, e suas opiniões deveriam ser apuradas. Era muito estranho que alguém tão ofuscado subitamente se transformasse em alguém tão importante. Era como jogar um jogo; lembrava a Edith os dias em que o Papai, em algum de seus momentos de bom humor, entrava na sala de visitas após o chá para encontrar a Mamãe com todas as crianças ao redor dela, talvez lendo para elas um livro de histórias, e ela fecharia o livro subitamente, dizendo que agora todos iriam brincar de siga-o-líder pela casa, mas que a Mamãe deveria liderar. Então eles iam, saltitando por chancelarias silenciosas, sobre os pisos de parquete dos salões de baile, onde os lustres pendiam cobertos por capas de linho cru, fazendo todo tipo de peripécias absurdas no caminho – pois a Mamãe tinha uma imaginação inesgotável –, e o Papai os seguia por último, fechando a fila, mas sempre bancando o palhaço e errando todas as suas imitações, o que fazia as crianças gritarem de alegria, fingindo corrigi-lo, e a Mamãe se virava, com Kay agarrado às suas saias, para dizer com severidade fingida: "Sério, Henry?!". Suas risadas noturnas eram ouvidas por muitas embaixadas e residências governamentais. Porém, uma vez, Edith lembrou, a Mamãe (que era jovem na época) havia derrubado alguns papéis na sala do arquivista e, enquanto as crianças se esforçavam alegremente para piorar a desordem, o Papai, de repente, fechou o semblante, transmitindo descontentamento de uma forma adulta; sua alegria e a de Mamãe haviam desmoronado juntas, como uma rosa despetalando-se; e o retorno à sala de estar ocorreu em uma espécie de silêncio tenso, como se Júpiter, descendo do Olimpo, tivesse surpreendido um mortal tomando liberdades com suas altas preocupações em sua pretensa ausência.

Mas agora a Mamãe poderia brincar de siga-o-líder como quisesse; por três ou quatro dias, Mamãe poderia brincar de siga-o-líder conduzindo os dignitários da Europa e do Império em uma dança até o crematório de Golder's Green ou até a paróquia de Huddersfield, conforme a fantasia a levasse, em vez de se resignar à Abadia de Westminster ou ao Cemitério de Brompton, como era esperado; mas a decepção – para o diabinho na mente de Edith – estava na recusa da Mamãe em assumir qualquer liderança. Ela simplesmente concordava com tudo o que Herbert sugeria. Da mesma forma, Herbert, aos sete anos, brincando de siga-o-líder, poderia tê-la levado a dizer: "Agora vamos brincar pelas cozinhas"; sua aquiescência hoje, quando ela tinha oitenta e oito anos e Herbert, sessenta e oito, chocava Edith como algo impróprio. Também chocava Herbert - embora, como verdadeiro filho de seu pai, ele se sentisse lisonjeado pela dependência feminina. Somente por esses três ou quatro dias - já que ele estava jogando um jogo, cumprindo uma convenção -, ele exigia de sua mãe que ela tivesse as próprias opiniões. No entanto, ao mesmo tempo, tal era sua teimosia masculina que teria se ressentido de qualquer decisão que fosse contrária às ideias dele.

Herbert, então, tornou-se mais e mais gentil ao ver as suas ideias adotadas, e, ainda assim, conseguiu persuadir a si mesmo de que elas tinham se originado com sua mãe, e não com ele. Desceu do quarto dela para reunir-se com seus irmãos e irmãs, mais uma vez - continuamente, como pareceu a Edith - na sala de estar. Mamãe queria a Abadia; portanto, seria a Abadia. Afinal, a Mamãe, sem dúvida, estava certa. Todos os grandes filhos da Inglaterra foram enterrados na Abadia. Ele próprio teria preferido a igreja paroquial em Huddersfield, disse, embora Edith, astutamente, duvidasse da honestidade dessa observação, e, ao falar por si mesmo, ele pensava que poderia falar por todos; mas os desejos da Mamãe deveriam ser considerados. Deveriam curvar-se à publicidade proporcionada pela Abadia. Afinal, era uma honra - uma grande honra -, a honra máxima da vida de seu pai. Carrie, William e Charles inclinaram suas cabeças em silêncio diante desse pensamento solene. Edith, por outro lado, pensou no quanto seu pai teria se divertido e, ao mesmo tempo, quão satisfeito teria ficado, embora professasse desdém, se pudesse assistir ao próprio enterro na Abadia.

O manto elaborado pelas senhoras da Escola Real de Bordado era, sem dúvida, muito suntuoso. Emblemas heráldicos foram gravados sobre a pelúcia violeta. O primeiro-ministro carregou a extremidade que lhe correspondia, com a devida seriedade e de forma tão convincente em seu papel que qualquer um que o visse não poderia ter hesitado em dizer: "Lá vai um primeiro-ministro, ou, no mínimo, um conselheiro do gabinete, um ministro da Inglaterra". O líder da oposição seguiu os passos do primeiro-ministro; por uma hora, eles enterraram suas diferenças, que, na verdade, também faziam parte de um jogo, pois, sob a tutela de uma responsabilidade comum, ambos haviam absorvido as mesmas lições, embora seus adeptos os proibissem de repeti-las na mesma língua. Os dois jovens príncipes, conduzidos às pressas, embora respeitosamente, aos seus assentos, se perguntaram, talvez, por que o destino os havia isolado de outros jovens, condenando-os a cortar fitas na inauguração de estradas ou a honrar estadistas comparecendo a seus funerais. Mais provavelmente, eles encaravam tudo isso como parte do trabalho do dia.

Enquanto isso, Edith se perguntava, mas onde está a realidade?

Depois que o funeral terminou, tudo em Elm Park Gardens mudou sutilmente. A consideração por lady Slane ainda era observada, porém insinuava-se uma nota de impaciência, uma nota de dominação, mantida com bastante insistência por Herbert e Carrie. Herbert havia se tornado, sem sombra de dúvida, o chefe da família, e Carrie, seu apoio. Eles estavam preparados para adotar uma linha firme, embora gentil, com sua mãe. Ela ainda poderia ser conduzida até uma cadeira e, uma vez sentada, ainda poderia receber um tapinha no ombro com um gesto gentil de proteção, mas era importante que ela entendesse que os assuntos do mundo estavam à espera, e que essa pausa de concessão à morte não poderia durar para sempre. Assim como os papéis na mesa de lorde Slane, era preciso organizar lady Slane; dessa forma, Herbert e Carrie poderiam retomar seus afazeres. Nada que não tivesse sido colocado em palavras poderia ser transmitido de forma mais clara.

Muito calma, muito distinta, muito velha, muito frágil, lady Slane sentou-se olhando para seus filhos e filhas. Seus filhos, já acostumados, consideravam a aparência dela como algo normal, mas pessoas estranhas exclamavam, maravilhadas, que ela não poderia ter mais de setenta anos. Era uma linda senhora. Alta, esbelta e pálida, nunca havia perdido a graça ou o porte.

As roupas que a cobriam deixavam de ser roupas e se tornavam drapeados; ela tinha o segredo das proporções. Uma beleza fluida lhe percorria todos os membros. Seus olhos eram cinzentos e bem fundos; seu nariz era curto e reto; suas mãos serenas, as mãos de um Vandyck; sobre seus cabelos brancos caía um véu de renda preta, muito apropriado. Seus vestidos, nos últimos anos, eram sempre suaves, indefinidos e de um preto sem relevos. Olhando para ela, poder-se-ia acreditar que era fácil para uma mulher ser bonita e graciosa, pois todas as obras geniais nos convencem de terem sido realizadas sem esforço. Era mais difícil acreditar na atividade que lady Slane aprendera a incluir em sua vida. Dever, caridade, filhos, obrigações sociais, aparições públicas - com isso tinham sido preenchidos seus dias; e, sempre que seu nome era mencionado, a conclusão vinha rápida e astuta: "Uma ajuda tão maravilhosa para seu marido na carreira!". Ah, sim, pensou Edith, Mamãe é adorável. Mamãe, como diz Herbert, é maravilhosa. Mas Herbert está limpando a garganta. O que estará por vir agora?

— Mamãe, querida... — uma forma de tratamento semi-infantil, semi-convencional; Herbert, colocando os dedos no colarinho. Uma vez, no entanto, ela havia se sentado no chão ao lado dele e lhe mostrado como rodar seu pião. — Mamãe, querida. Temos discutido... quero dizer, temos nos sentido naturalmente preocupados com seu futuro. Sabemos o quanto a senhora era devotada ao Papai, e percebemos o vazio que a perda dele deve deixar em sua vida. Temos nos perguntado - e foi por isso que lhe pedimos que nos encontrasse aqui na sala de estar, antes de nos separarmos novamente para nossas casas -, temos nos perguntado: onde e como a senhora escolherá viver?

— Mas você já decidiu isso por mim, Herbert, não é? — disse lady Slane com a maior doçura.

Herbert colocou os dedos no colarinho, e se espiou e ajeitou tanto que Edith temeu que ele fosse se engasgar.

— Bem... Decidir pela senhora, Mamãe, querida... decidir não é exatamente a palavra. É verdade que esboçamos um pequeno plano que poderíamos submeter à sua aprovação. Levamos seus gostos em consideração e percebemos que a senhora não desejaria separar-se de tantos interesses e ocupações. Ao mesmo tempo...

— Um momento, Herbert — interrompeu lady Slane. — o que você disse sobre interesses e ocupações?

— Certamente, Mamãe, querida — falou Carrie em tom de reprovação —, Herbert está se referindo a todos os seus comitês, o Clube para Mulheres Pobres de Battersea, a Ala das Crianças Abandonadas, a Organização das Irmãs Desafortunadas, o...

— Oh, sim — disse lady Slane —, meus interesses e ocupações. Certo. Continue, Herbert.

— Todas essas coisas — afirmou Carrie — desmoronariam sem a senhora. Percebemos isso. A senhora fundou muitas delas. Tem sido a vida de outras. Naturalmente, não desejará abandoná-las agora.

— Além disso, querida lady Slane — disse Lavinia, que nunca se permitira o suficiente para dirigir-se à sogra por qualquer outro nome —, percebemos o quão entediada a senhora ficaria sem ter nada para fazer. A senhora é tão ativa, tão enérgica! Oh não, não poderíamos imaginá-la em nenhum outro lugar além de Londres.

Ainda assim, lady Slane não disse nada. Ela alternou o olhar entre um e outro com uma expressão que, para alguém tão gentil, era surpreendentemente irônica.

— Ao mesmo tempo — prosseguiu Herbert, retomando seu discurso original, cuja interrupção ele havia suportado pacientemente, embora não satisfeito —, sua renda mal será suficiente para as despesas de uma casa como a senhora teria o direito de esperar. Propomos, portanto... — E ele delineou o plano que já ouvimos anteriormente; podemos, portanto, poupar-nos do trabalho de ouvi-lo novamente.

Lady Slane, no entanto, escutou. Ela havia passado grande parte de sua vida escutando, sem fazer muitos comentários, e agora, escutava seu filho mais velho com a mesma postura. Ele, por sua vez, não se perturbou com o silêncio dela. Sabia que, durante toda a sua vida, ela se acostumara a ter suas idas, vindas e estadias arranjadas, quer lhe dissessem que embarcasse em um navio a vapor para a Cidade do Cabo, para Bombaim ou Sydney; que transportasse seu guarda-roupa e o quarto do bebê para Downing Street; ou que acompanhasse o marido a Windsor no fim de semana. Em todas essas ocasiões, ela seguira as suas instruções com eficiência e sem surpresas. Vestida de forma condizente e apropriada, ela estivera pronta, a qualquer momento, para ficar no cais ou na plataforma, esperando, ao lado de uma pilha de malas, até que a buscassem. Herbert não via razão, nesse momento, para duvidar que sua mãe distribuiria seu tempo conforme o cronograma nos quartos de hóspedes de seus filhos e filhas.

Quando ele terminou, ela disse:

— Isso é muito atencioso da sua parte, Herbert. Seria muito gentil se você colocasse esta casa nas mãos dos agentes imobiliários amanhã mesmo.

— Perfeito! — falou Herbert. — Estou muito feliz que a senhora concorde. Mas não precisa se apressar. Sem dúvida, algum tempo deve passar antes que a casa seja vendida. Mabel e eu estaremos à espera quando for conveniente. — E ele se abaixou e deu um tapinha na mão dela.

— Oh, mas espere! — exclamou lady Slane, levantando-a. Foi o primeiro gesto que ela fez. — Você está indo rápido demais, Herbert. Eu não concordo.

Todos olharam consternados para ela.

— Não concorda, Mamãe?

— Não — lady Slane disse, sorrindo. — Eu não irei morar com você, Herbert; nem com você, Carrie; nem com você, William; nem com você, Charles, embora vocês todos sejam muito gentis. Eu vou morar sozinha.

— Sozinha, Mamãe? É impossível; e, de qualquer forma, onde a senhora moraria?

— Em Hampstead — respondeu lady Slane, balançando a cabeça silenciosamente, como se respondesse a um pensamento interior.

— Em Hampstead? Mas será que encontrará lá uma casa que lhe seja adequada, conveniente e não muito cara?

— Na verdade — disse Carrie —, aqui estamos discutindo a casa que Mamãe vai morar como se tudo estivesse resolvido. É um absurdo. Não sei o que aconteceu conosco.

— Há uma casa — informou lady Slane, balançando a cabeça novamente. — Eu a vi.

— Mas, Mamãe, a senhora não tem ido a Hampstead.

Aquilo era intolerável. Carrie sabia de todos os movimentos da mãe, dia a dia, pelos últimos quinze anos, no mínimo, e ela se revoltou contra a sugestão de que sua mãe tinha visitado Hampstead sem seu conhecimento. Tal insinuação de independência era um ultraje, quase um manifesto. Sempre houvera uma conexão muito próxima e contínua entre lady Slane e sua filha mais velha; os planos para o dia sempre eram combinados entre elas; Genoux lhe entregava um bilhete pela manhã; ou elas se falavam em longos telefonemas; ou Carrie apareceria em Elm Park Gardens depois do café da manhã, alta, prática, farfalhante, presunçosa e equipada para o dia com suas luvas, seu chapéu e sua boá, uma lista de compras enfiada em sua bolsa e os papéis referentes à programação do comitê da tarde, e as duas senhoras idosas conversavam sobre os afazeres do dia, enquanto lady Slane continuava com seu tricô, e então elas saíam juntas por volta das onze e meia, duas figuras altas, de preto, conhecidas das outras senhoras idosas da vizinhança; ou, se suas atividades, por alguma razão, não estivessem na mesma direção, Carrie pelo menos passaria por Elm Park Gardens para o chá, e saberia com exatidão como havia sido o dia de sua mãe. Certamente, era impossível que lady Slane tivesse escondido uma expedição a Hampstead.

— Trinta anos atrás — disse lady Slane. — Eu a vi.

Ela pegou um novelo de lã de sua cesta de trabalho e estendeu-o para Kay.

— Segure para mim, por favor, Kay. — E depois de primeiro desfazer cuidadosamente os nozinhos, ela começou a enrolar. Ela era a própria encarnação da placidez. — Tenho certeza de que a casa ainda está lá — prosseguiu, enrolando cuidadosamente. E Kay, devido à experiência de um longo hábito, ficou diante dela, movendo as mãos ritmicamente para cima e para baixo, a fim de que a lã pudesse escorregar de seus dedos sem se prender. — Tenho certeza de que a casa ainda está lá — repetiu, e seu tom era uma mistura de devaneio e confiança, como se ela tivesse algum acordo secreto com a casa, e esta estivesse esperando-a, pacientemente, depois de trinta anos. — Era uma casinha prática — acrescentou prosaicamente —, nem muito pequena, nem muito grande. Genoux conseguiria cuidar dela sozinha, eu acho, talvez com um faz-tudo diário para o trabalho pesado; havia um belo jardim, com pêssegos contra o muro, olhando para o sul. Estava disponível para aluguel quando a vi, mas é claro que seu pai não teria gostado da ideia. Eu me lembro do nome do proprietário.

— E qual — Carrie retrucou — era o nome do proprietário?

— Era um nome engraçado — disse lady Slane —, talvez seja por isso que me lembro dele. Bucktrout. Gervase Bucktrout. Parecia combinar tão bem com a casa.

— Oh — falou Mabel, juntando as mãos —, acho que parece delicioso demais: pêssegos e Bucktrout...

— Fique quieta, Mabel — ordenou Herbert. — Claro, minha querida Mamãe, se está decidida a esse, hã, plano excêntrico, não há mais nada a ser dito a respeito. A senhora é inteiramente dona de si, afinal. Mas não pareceria um pouco estranho aos olhos do mundo, quando a senhora tem tantos filhos devotados, que decida viver sozinha em retiro em Hampstead? Longe de mim querer pressioná-la, é claro.

— Eu não acho, Herbert — respondeu lady Slane. E, ao chegar ao fim de seu trabalho, falou: — Obrigada, Kay. — E fazendo um laço em uma longa agulha, começou uma nova peça de tricô. — Muitas senhoras idosas vivem em retiro em Hampstead. Além disso, eu considerei os olhos do mundo por tanto tempo que acho que é hora de tirar umas pequenas férias deles. Se não se pode agradar a si mesmo na velhice, quando é que se pode? Resta-me tão pouco tempo!

— Bem — disse Carrie, tirando o melhor proveito de uma situação ruim. — Pelo menos nós cuidaremos para que a senhora nunca fique sozinha. Somos tantos que podemos facilmente providenciar para que tenha ao menos uma visita por dia. Embora Hampstead seja, de fato, muito longe, e nem sempre seja fácil acertar os detalhes do uso do carro — acrescentou, lançando um olhar penetrante para seu pequeno marido, que se encolheu. — Mas sempre há os bisnetos — comentou, animando-se. — A senhora certamente gostaria que eles estivessem entrando e saindo, mantendo-a em contato. Sei que a senhora não seria feliz sem isso.

— Pelo contrário — respondeu lady Slane. — Esse é outro assunto sobre o qual já tomei uma decisão. Veja, Carrie, vou me entregar completamente aos meus caprichos. Vou aproveitar cada momento da velhice. Sem netos. Eles são muito jovens. Nenhum deles chegou aos quarenta e cinco. Nem bisnetos; isso seria ainda pior. Não quero jovens cheios de energia, que não se contentam em apenas fazer algo, mas precisam entender o motivo por trás de tudo. E não quero que tragam seus filhos para me ver, pois isso só me lembraria do terrível esforço que as pobres criaturas terão que fazer antes de chegarem ao fim de suas vidas em segurança. Prefiro esquecê-los. Não quero ninguém perto de mim, exceto aqueles que estão mais próximos da morte do que do nascimento.

Herbert, Carrie, Charles e William chegaram à conclusão de que sua mãe devia estar louca. Deram um passo à frente e, por sempre terem pensado que ela era simplória, decidiram que a velhice, sem dúvida, havia afetado seu cérebro. Sua loucura, no entanto, estava tomando uma forma inofensiva e até conveniente. William pensou com pesar no subsídio perdido para cuidar das contas da casa, Carrie e Herbert talvez ainda tivessem algumas dúvidas sobre os olhares do mundo, mas, de maneira geral, era um alívio encontrar sua mãe resolvendo seus próprios assuntos. Kay olhou para a mãe cheio de curiosidade. Ele nunca a havia valorizado como deveria; nenhum deles a havia valorizado como deveria: sua gentileza, seu altruísmo, suas atividades impessoais. E agora, pela primeira vez na vida, estava se tornando aparente para Kay que as pessoas ainda podiam guardar surpresas na manga, não importando quanto tempo se tivesse convivido com elas. Somente Edith se divertia em sua própria mente. Ela achava que sua mãe não estava louca, e sim visivelmente mais sã. Ficou encantada ao ver Carrie e Herbert derrotados, com a mãe desvencilhando-se, em silêncio, de seus incômodos. Suavemente, ela bateu palmas e sussurrou: "Vá em frente, Mamãe! Vá em frente!". Apenas um resquício de prudência a impediu de dizer isso em voz alta. Ela se deleitou com a eloquência recém-descoberta de sua mãe - não a menor das surpresas daquela manhã surpreendente, pois lady Slane habitualmente era reservada ao falar, retendo sua opinião, escondendo a expressão em seu rosto enquanto abaixava a cabeça sobre seu tricô ou bordado, até que seu ocasional "Sim, querida?" dava apenas uma leve indicação do que ela realmente estava pensando. Agora ocorreu a Edith que era possível que sua mãe pudesse ter vivido uma vida privada plena, todos aqueles anos, por trás do abrigo de sua vigilância afetuosa. Quanto ela teria observado? Anotado? Criticado? Armazenado? Ela estava falando novamente, enquanto vasculhava sua bolsa de trabalho.

— Eu tirei as joias do banco, Herbert. É melhor você e Mabel ficarem com elas. Eu queria tê-las dado a Mabel anos atrás, mas seu pai se opôs. No entanto, aqui estão algumas delas. — E enquanto falava, virou a bolsa e sacudiu o conteúdo no colo, uma variedade descuidada de estojos de couro, papel de seda, algumas pedras soltas e novelos de lã. Com suas mãos finas, começou a pegá-las. — Toque o sininho para Genoux, Edith — disse, olhando para cima. — Eu nunca me importei com joias, sabe — falou, mais para si mesma do que para sua família em geral —, e parecia uma pena, um desperdício, que tantas tivessem vindo em minha direção. Seu pai costumava dizer que eu deveria ser capaz de me enfeitar nas grandes ocasiões. Quando estávamos na Índia, ele costumava comprar de volta muitas coisas nos leilões de Tash-i-Khane. Ele tinha uma teoria de que os príncipes ficavam felizes em me ver usando seus presentes, mesmo sabendo perfeitamente que os tínhamos recomprado. Ouso dizer que ele estava certo. Mas sempre me pareceu meio bobo, uma farsa. Tive um grande topázio uma vez, um topázio grande de bronze, sem engaste, cortado em dezenas de facetas. Será que vocês, crianças, lembram? Eu costumava fazer vocês olharem para o fogo através dele, que formava centenas de pequenas chamas; algumas iam para cima, e outras ficavam de cabeça para baixo. Quando vocês desciam depois do chá, costumávamos sentar em frente ao fogo, olhando através dele, como Nero no incêndio de Roma. Só que era fogo marrom, não verde. Acho que vocês não se lembram. Isso foi há sessenta anos. Eu o perdi, é claro; a gente sempre perde as coisas que mais valoriza. Nunca perdi nenhuma das outras coisas; talvez porque Genoux sempre foi responsável por elas (e ela costumava inventar os lugares mais extraordinários para escondê-las); não confiava em cofres, por isso jogava meus diamantes na jarra de água fria; nenhum ladrão pensaria em procurá-los lá, dizia. Muitas vezes pensei que, se Genoux morresse de repente, eu não saberia onde procurar as joias; o topázio, entretanto, eu costumava carregar no bolso.

Aqui as reminiscências sonhadoras de lady Slane foram interrompidas quando Genoux entrou, farfalhando como uma cobra em folhas secas, rangendo como uma sela, pois, até que maio acabasse, Genoux não abandonaria as camadas de papel pardo que reforçavam seus espartilhos e suas combinações contra o clima inglês.

— *Miladi a sonné?*

Sim, pensou Edith, aqui não há ninguém para Genoux além de Mamãe. Somente Mamãe poderia ter tocado o sininho; somente Mamãe poderia ter uma ordem para dar, embora estivessem todos reunidos: Herbert espiando por cima do colarinho, Carrie se endireitando, indignada, Charles torcendo o bigode como se estivesse apontando um lápis – embora, quem se importava com Charles? Nem mesmo o Ministério da Guerra, e Charles sabia disso. Todos sabem que ninguém se importa com eles; é por isso que falam tão alto. Mamãe nunca falou nada – até hoje; ainda assim, Genoux entra como se a Mamãe fosse a única pessoa na sala, na casa, apta a dar uma ordem. Genoux sabe onde o respeito é devido. Genoux não leva em conta vozes insistentes. "*Miladi a sonné*".

— *Genoux, vous avez les bijoux?*

— *Mais bien sûr, miladi, que j'ai les bijoux. J'appelle ça le trésor. Miladi veut que j'aille chercher le trésor?*

— Por favor, Genoux — disse lady Slane, determinada, embora Genoux tenha lançado um olhar ao redor do círculo familiar, como se Herbert, Carrie, Charles, William, Lavinia e até mesmo a menosprezada e inócua Mabel fossem os próprios ladrões que a levavam a deixar os diamantes, todas as noites, na jarra de água fria. Varandas indianas e sul-africanas tinham, no passado, sussurrado na imaginação de Genoux os passos furtivos de ladrões inclinados sobre as joias do vice-reinado - *"ces sales étrangers"*; - mas, agora, um perigo mais imediato, porque mais legítimo e mais inglês, ameaçava aquelas posses zelosamente guardadas. *Miladi*, tão gentil, tão vaga, tão desapegada, nunca poderia ser confiada a cuidar de si mesma ou de seus pertences. Genoux era, por natureza, um cão de guarda.

— *Miladi se souviendra au moins que les bagues lui ont été très spécialement données par ce pauvre milord?*

Lady Slane olhou para suas mãos. Elas estavam, como se diz, carregadas de anéis. Esse dizer significa, na medida em que qualquer dizer significa algo - e cada ditado, cada clichê, uma vez significou algo intimamente relacionado a alguma experiência humana -, que as pedras preciosas em questão eram pesadas demais para as mãos que as suportavam. Suas mãos estavam, de fato, carregadas de anéis. Elas tinham sido assim carregadas por lorde Slane - símbolos de afeto, certamente, mas não menos símbolos dos enfeites apropriados para as mãos da esposa de lorde Slane. A grande meia-aliança de diamantes girava facilmente em seus dedos. (Lorde Slane costumava observar que as mãos de sua esposa eram tão macias quanto pombas; o que era verdade de certa forma, já que elas se dissolviam em nada ao serem apertadas; mas, de outra forma, seria completamente falso, já que, para o olhar externo, elas eram finas, esculturais e características; entretanto, podia confiar-se em lorde Slane para aproveitar o aspecto mais feminino e ignorar a sugestão mais sutil e menos conveniente). Lady Slane, então, olhou para suas mãos como se Genoux tivesse chamado a atenção para elas pela primeira vez. Pois as mãos são as partes do corpo que, de repente, vemos com o máximo de distanciamento; elas estão, de repente, distantes; e observamos suas articulações maravilhosas e a resposta milagrosa à transmissão de mensagens instantâneas, como se pertencessem a outra pessoa ou a outra peça de maquinário; observamos até mesmo o formato oval de suas unhas, os poros de sua pele, as rugas de suas falanges e dos nós, sua lisura ou rugosidade, com um olhar ponderador e interessado; elas têm sido nossas servas, e, ainda assim, não investigamos sua personalidade; uma personalidade que, como a quiromancia nos assegura, está muito ligada à nossa. Também as vemos, conforme o caso, carregadas de anéis ou ásperas devido ao trabalho. Assim, lady Slane direcionou o olhar para suas mãos. Haviam estado com ela por toda a vida, aquelas mãos. Haviam crescido com ela, passando das mãos gordinhas de uma criança às mãos lisas como marfim de uma mulher idosa. Ela torceu a meia-aliança de diamantes e a meia-aliança de rubis, com um toque solto e nostálgico. Ela as havia usado por tanto tempo que se tornaram parte dela.

— Não, Genoux — ela disse —, *soyez sans crainte*. Eu sei que os anéis são meus.

Mas as outras coisas não eram dela da mesma forma; e, na verdade, não as queria. Genoux as trouxe e, uma após a outra, entregando-as a Herbert, contando como um camponês contaria uma porção de ovos para um cliente. Herbert, por sua vez, as recebia e as passava para Mabel, assim como um pedreiro passa tijolos para seu ajudante. Ele tinha um senso de valor, mas nenhum de beleza. Lady Slane permanecia sentada ali, observando. Ela tinha um senso de beleza, embora nenhum de valor. O custo dessas coisas, seu preço comercial, não significava nada para ela. Sua beleza significava muito, embora ela não sentisse nenhum interesse em possui-las; também as associações significavam muito, representando, como faziam, todo o pano de fundo de sua vida em seu aspecto mais fantástico. Aqueles cetros de jade, trazidos pelos antigos emissários do Lama tibetano! Como ela se lembrava bem da cerimônia de apresentação, quando estes, vestindo túnicas amarelas, agachados, haviam arrancado uivos de música de ossos do comprimento da coxa de um mamute. E ela se lembrava de moderar sua diversão, mesmo enquanto estava sentada confortavelmente ao lado do vice-rei no Durbar Hall; moderava-a com a ideia de que era comparável à limitada diversão dos ingleses diante da incomum coleção de consoantes em um nome polonês. O que, além da falta de familiaridade, a fazia sorrir com os lamentos extraídos de um fêmur tibetano? Kubelik poderia, do mesmo modo, fazer um Lama tibetano sorrir. Então os príncipes indianos vieram com seus presentes, que agora Genoux entregava a Herbert, o herdeiro, em Elm Park Gardens. Os príncipes indianos sabiam muito bem que seus presentes seriam reunidos no Tash-i-Khane, para serem recomprados, de acordo com a carteira e a discrição do vice-rei. Pérolas nodosas e esmeraldas brutas, visivelmente defeituosas, passavam agora das mãos ressentidas de Genoux às de Herbert, decentemente ávidas. Caixas de veludo vermelho abriam-se para exibir pulseiras e colares.

— *Tout est bien en ordre* — dizia Genoux, fechando as caixas.

Uma mesinha de centro estava toda coberta de caixas quando eles terminaram.

— Minha querida Mabel — falou lady Slane —, é melhor que eu lhe empreste uma mala.

Pilhagem. Os olhos de William e Lavinia brilhavam. Lady Slane permaneceu alheia aos seus olhares cobiçosos e ao seu ressentimento com aquela distribuição unilateral. Nem mesmo um broche para Lavinia! Simplesmente nunca ocorrera a lady Slane que ela deveria dividir as coisas; isso era óbvio. Lavinia e Carrie observavam com raiva silenciosa. Tal simplicidade equivalia à imbecilidade. Mas Herbert estava bem ciente, e - tão amáveis são nossos sentimentos secretos - se alegrou.

Gostava do desconforto delas, e para aumentá-lo ainda mais, dirigiu-se a Mabel de forma bastante afetuosa, para variar:

— Coloque as pérolas, minha querida; tenho certeza de que ficarão muito bonitas.

Não ficaram bonitas para o rostinho apagado de Mabel, pois ela, que antes era bonita, agora se apagara, uma penalidade comum entre as pessoas de pele clara, de modo que sua pele parecia mais escura que seu cabelo, e seu cabelo sem brilho se assemelhava à cor do pó. As pérolas, que antes reluziam entre as rendas e a maciez de lady Slane, agora pendiam desanimadas em volta do pescoço magro de Mabel.

— Muito bonita, querida Mabel — disse Lavinia, erguendo seu lornhão. — Mas quão estranho é - não é? - que esses presentes orientais sejam sempre de qualidade tão ruim? Essas pérolas estão realmente bem amarelas, agora que comecei a olhar para elas; mais como velhas teclas de piano. Nunca notei isso antes, quando lady Slane as usava.

— Sobre a casa, Mamãe — começou Carrie —, você gostaria de vê-la amanhã? Acho que tenho uma tarde livre. — E começou a consultar uma pequena agenda tirada de sua bolsa.

— Obrigada, Carrie — disse lady Slane, colocando uma coroa sobre os presentes que já havia dado a eles —, mas marquei um horário para ver a casa amanhã. E, embora seja muito gentil da sua parte oferecer, acho que irei lá sozinha.

Era uma espécie de aventura para lady Slane ir sozinha a Hampstead, e ela se sentiu mais feliz depois de trocar de trem em segurança na estação Charing Cross. Uma existência antes limitada apenas pelas fronteiras do Império havia se encolhido desde o começo da era de Elm Park Gardens. Ou talvez fosse uma daquelas pessoas em quem um conhecimento contínuo de países estranhos causa pouca impressão - permanecem fiéis a si mesmas até o fim, ou talvez ela estivesse realmente ficando velha. Aos oitenta e oito anos, poder-se-ia dizer isso. Essa consciência, essa sensação de idade era curiosa e interessante.

A mente estava tão alerta como sempre, talvez mais alerta, aguçada pela sensação de interrupção final iminente, estimulada pela necessidade de aproveitar ao máximo o tempo restante; apenas o corpo estava um pouco trêmulo, não muito certo de sua confiabilidade, não muito certo até mesmo de seu senso de direção, com medo de tropeçar em um degrau, de derramar uma xícara de chá; nervoso, trêmulo, ciente de que não deveria ser empurrado ou apressado, por medo de trair sua frágil inadequação. Os mais jovens nem sempre pareciam notar ou fazer concessões; e, quando notavam, tendiam a demonstrar uma leve irritabilidade, demorando-se demais para acompanhar os passos hesitantes. Por essa razão, lady Slane nunca gostou muito de suas caminhadas com Carrie até a esquina onde pegavam o ônibus. No entanto, indo sozinha para Hampstead, ela não se sentia velha; ela se sentia mais jovem do que há anos, e a prova disso era que aceitava ansiosamente esse começo de uma nova volta na vida, mesmo que fosse a última. Nem parecia ter a idade que tinha, enquanto se sentava, balançando levemente com o movimento do trem do metrô, muito ereta, segurando seu guarda-chuva e sua bolsa, seu bilhete cuidadosamente enfiado na abertura da luva. Não lhe ocorreu imaginar o que seus companheiros de viagem pensariam, se pudessem saber, que, dois dias antes, ela havia enterrado seu marido na Abadia de Westminster. Estava mais preocupada, naquele instante, com a extraordinária sensação de independência em relação a Carrie.

(Estação Leicester Square)

De que maneira a morte de Henry havia causado essa emancipação repentina, ela não conseguia entender. Era apenas mais um exemplo do que ela havia vagamente notado durante toda a sua vida: o modo como certos eventos traziam resultados aparentemente irrelevantes em seu rastro. Certa vez, perguntara a Henry se o mesmo fenômeno era observável no reino da política, no entanto, embora ele tivesse lhe concedido (como sempre, e a todos) a mais profunda cortesia de sua atenção, obviamente, não conseguira entender o que ela queria dizer. No entanto,

Henry raramente deixava de captar o significado do que as pessoas diziam. Pelo contrário, deixava-as falar, mantendo seus olhos aguçados e bem-humorados sobre elas o tempo todo, e então, escolhia o cerne do seu significado, por mais desajeitado que fosse o modo como se expressavam, e pegando-o entre as mãos, jogava-o para cima como um malabarista com bolas douradas, até que, daquele algo pobre e miserável, saísse um jato, uma fonte cheia de brilho e significado sob o jogo de sua inteligência incomparável – pois isso era o que havia de notável e atraente em Henry, o que fazia com que as pessoas o chamassem de o homem mais charmoso do mundo: ele dava o melhor de sua inteligência a todos, ao menor pedido, fosse a pessoa um ministro do gabinete na mesa do conselho ou uma jovem intimidada sentada ao seu lado no jantar. Nunca fora indiferente, superficial ou desdenhoso. Apoderava-se de qualquer assunto, por mais trivial que fosse; e quanto mais distante de seu próprio trabalho ou interesses, melhor. Discutia vestidos de baile com uma debutante, cavalos de polo com um subalterno ou Beethoven com qualquer um dos dois. Assim, iludira legiões de pessoas, fazendo-as acreditarem que realmente haviam garantido seu interesse.

(Estação Tottenham Court Road)

Mas, quando sua esposa lhe fazia aquela pergunta sobre acontecimentos e resultados irrelevantes, não estava disposto a abordar o assunto; em vez disso, passava a brincar com os anéis nos dedos dela. Ela podia ver os anéis agora, fazendo saliências sob suas luvas pretas. Suspirou. Muitas vezes, havia pressionado um interruptor hesitante, e a mente de Henry não conseguia se iluminar. Ela aceitou isso finalmente, refugiando-se no pensamento de que era, provavelmente, a única pessoa no mundo com quem ele não precisava fazer um esforço. Talvez fosse um elogio árido, mas sincero. Ela se arrependia agora: havia tantas coisas que gostaria de discutir com Henry; coisas impessoais, nada problemático. Tivera essa oportunidade única, esse privilégio potencial, por quase setenta anos, que agora desapareceram, achatados sob as lajes da Abadia de Westminster.

(Estação Goodge St)

Henry teria se divertido ao ver que ela se emancipava de Carrie. Nunca gostara de Carrie; ela duvidava que ele tivesse gostado muito de algum de seus filhos. Nunca criticara ninguém - essa era uma de suas características -, mas lady Slane o conhecia bem o suficiente (embora em certo sentido não o conhecesse de forma alguma) para saber quando ele aprovava uma pessoa e quando não. Seus elogios eram sempre medidos; mas, inversamente, quando retidos, sua ausência significava muito. Ela não conseguia se lembrar de uma única palavra de aprovação para Carrie, a menos que "Maldita mulher eficiente, essa minha filha" pudesse ser contada como aprovação. A expressão em seus olhos sempre que olhava para Herbert era inconfundível, Charles nunca conseguira obter muita simpatia de seu pai em suas muitas queixas. *(Estação Euston).* Lorde Slane tinha tendência a considerar seu filho, o General, com um ar de quem diz: "Será que agora devo ou não me mexer e dar a esse homem retórico e rabugento minha opinião exata sobre cargos governamentais, sobre os quais, afinal, sei muito mais do que ele?" Até onde sabia, ele nunca tinha feito isso. Preferia suportar em silêncio. Quanto a William, evitava-o de maneira evidente, embora lady Slane, com lealdade desonesta por seu próprio filho, sempre tentasse atribuir essa atitude a uma antipatia por Lavinia. "Minha querida", Henry dissera uma vez, pressionado pela insistência: "Acho difícil me acomodar à sociedade de mentes equilibradas como um livro-razão"; e lady Slane suspirara e dissera que sim, devia admitir que Lavinia havia causado um certo mal à natureza do pobre William. Ao que lorde Slane respondera: "Mal? Eles são duas metades da mesma laranja", o que, vindo dele, fora uma resposta ácida.

(Estação Camden Town)

Por Edith, ele tinha uma afeição um tanto egoísta. Ela permanecera em casa; fora prestativa; levava-o para caminhar; ajudava-o a responder a algumas das cartas que recebia. É verdade, ela frequentemente as embaralhava; enviava-as sem assinatura, ou, se assinadas, sem endereço, caso em que eram devolvidas pelos correios ao remetente: *Slane, Elm Park Gardens*; um contratempo que sempre causava a lorde Slane mais diversão do que aborrecimento. Ele nunca tivera motivos para chamar sua filha Edith de uma maldita mulher eficiente. Lady Slane ficara tentada às vezes a pensar que ele gostava mais de Edith pelas oportunidades que ela lhe dava de provocá-la do que pela confiança que depositava em seu serviço bem-intencionado.

(Estação Chalk Farm)

Kay. Mas antes que lady Slane pudesse considerar o que lorde Slane tinha feito daquele curioso problema que era Kay, antes que pudesse puxar mais um fio da memória em uma longa linha, lembrou-se de uma restrição que havia imposto a si mesma, ou seja, não deixar sua memória vagar até que os dias de completo lazer chegassem; não se deleitar até que pudesse fazê-lo plena e livremente. Seu banquete não deveria ser estragado por fragmentos de antecipação. O próprio trem veio em seu auxílio, pois, após um sacolejo lento, acelerou em direção a outra estação de ladrilhos brancos, onde uma linha de ladrilhos vermelhos emoldurava o nome: Hampstead. Lady Slane levantou-se, cambaleante, estendendo a mão para uma barra de apoio; era nessas ocasiões, e somente nelas, quando precisava competir com a correria da vida mecânica, que ela indicava ser uma velha senhora. Então ficou um pouco trêmula, um pouco assustada. Era claro que, em sua fragilidade, temia que a empurrassem. No entanto, em sua ansiedade em não incomodar os outros, sempre levava os condutores a sério e se apressava obedientemente quando eles gritavam: "Depressa, por favor"; da mesma forma, em sua preocupação por não ser a primeira a avançar, sempre permitia que os demais embarcassem no trem ou no ônibus enquanto ela própria ficava para trás, com cortesia. Havia perdido muitos trens e ônibus devido a esse método, muitas vezes para a exasperação de Carrie, que, invariavelmente, garantia seu próprio lugar e era levada embora vendo a mãe parada na plataforma ou na calçada.

Ao chegar a Hampstead, foi surpreendente que lady Slane tenha descido do trem a tempo, conseguindo segurar o guarda-chuva, a bolsa e a passagem dentro da luva, mas ela desceu, e se viu parada no ar quente do verão com os telhados de Londres abaixo dela. Os transeuntes a ignoravam, passavam ali, tão acostumados estavam à visão de velhas senhoras em Hampstead. Ao sair caminhando, perguntou a si mesma se lembrava-se do caminho; mas Hampstead mal parecia uma parte de Londres, tão sonolenta, parecida com um vilarejo, com suas casas aconchegantes de tijolos vermelhos, paisagens de árvores e arredores que lembravam agradavelmente as pinturas de Constable. Ela andava devagar, mas feliz, e sem ansiedade, como em um retiro amigável, não pensando mais na opinião de Henry sobre seus filhos, ou em qualquer coisa além da necessidade de encontrar a casa, *sua* casa, que trinta anos atrás tinha sido uma daquelas nas fileiras de tijolos vermelhos, com seu jardim nos fundos. Era curioso pensar que ela a veria novamente, tão em breve. Trinta anos. Dez anos a mais do que o período necessário para um bebê crescer até alcançar a consciência plena. Quem poderia dizer, o que poderia ter acontecido com a casa durante esse período? Teria passado por momentos de tumulto, desolação ou mera placidez?

De fato, a casa estava esperando há vários anos por alguém que viesse habitá-la. Ela tinha sido alugada apenas uma vez desde que lady Slane a vira pela primeira vez, trinta anos atrás, para um casal tranquilo de idosos sem mais história do que a história habitual dos seres humanos - movimentada o suficiente aos seus próprios olhos, Deus sabe, mas tão comum a ponto de se fundir sem ser registrada no mar geral de vidas -, um casal tranquilo de idosos, suas peripécias deixadas para trás; haviam ido ali para desaparecer lentamente, para vagar suavemente para fora da existência, e assim haviam desaparecido, haviam vagado; haviam, de fato, dado seu último suspiro no quarto voltado para o sul, acima dos pêssegos - assim disse a zeladora a lady Slane, como forma de encorajamento, fechando as persianas e deixando o sol entrar, de forma despreocupada, falando, enquanto isso, limpando uma teia de aranha do parapeito da janela com um movimento de seu avental levantado, e olhando para lady Slane como se dissesse: "Pronto, agora pode ver como é – não há muito para ver – apenas uma casa para alugar – decida-se rapidamente, pelo amor de Deus, e deixe-me voltar para o meu chá." Mas lady Slane, parada na sala deserta, disse calmamente que tinha um encontro com o sr. Bucktrout.

A zeladora poderia ir, lady Slane disse; não havia necessidade de esperar; e alguma nota de autoridade vice-real deve ter permanecido em sua voz, pois o antagonismo da criada mudou para uma espécie de subserviência desgrenhada. De qualquer forma, disse, ela deveria trancar. Ali estavam as chaves. Dia após dia, ela destrancava a casa, dava uma espanada rápida e a trancava novamente, para retornar ao seu silêncio e à queda ocasional de gesso das paredes. Durante a noite, o gesso caía e precisava ser varrido pela manhã. Era terrível o estado em que uma casa desocupada ficava. A própria hera vinha rastejando entre as janelas; lady Slane olhou para a planta, uma folhagem jovem e pálida balançando apaticamente ao sol. Pedaços de palha voavam pelo chão. Uma enorme aranha correu rapidamente, subiu pela parede e desapareceu em uma fenda. Sim, disse lady Slane, a zeladora poderia ir, e, sem dúvida, o sr. Bucktrout seria gentil o suficiente para trancar tudo.

A mulher deu de ombros. Afinal, não havia nada na casa para lady Slane roubar e ela queria seu chá. Recebendo uma gorjeta de meia coroa, ela foi embora. Lady Slane ficou sozinha na casa; ouviu a porta da frente bater quando a criada partiu. Quão erroneamente as zeladoras eram chamadas: zelavam tão pouco. Uma lavada superficial com água turva em um balde galvanizado, um pano sujo espalhado no chão, e pensam que seu trabalho está feito. Pouca culpa tinham elas, talvez, recebendo alguns xelins por semana e sendo obrigadas a desgastar ainda mais suas mãos no cuidado de uma casa que, para elas, era, na melhor das hipóteses, um trabalho, e, na pior, um incômodo. Não se podia exigir que lhe dessem o cuidado que vem do coração. Pouquíssimos meses de tal labuta embotariam o zelo de alguém, e as criadas tinham uma vida inteira disso. Nem se podia esperar que sentissem o quão estranha era uma casa, especialmente uma casa vazia; não se trata apenas de um empilhamento sistemático de tijolos sobre tijolos, alinhados na construção por prumo e nível, e perfurados em intervalos por portas e janelas, mas, sim, uma entidade com vida própria, como se algum alento unificador fosse insuflado no ar confinado dentro daquela caixa quadrada de tijolos, para permanecer ali até que as paredes que a enclausuravam caíssem, expondo-a ao olhar público. Era uma entidade muito privada, uma casa; privada com uma privacidade que não dependia de ferrolhos e grades. E se essa superstição parecia irracional, alguém poderia responder que o próprio homem era apenas uma coleção de átomos, assim como uma casa era apenas uma coleção de tijolos, mas o homem reivindicava uma alma, um espírito, um poder de registro e percepção, que não tinha mais a ver com seus átomos inquietos do que a casa com seus tijolos estacionários. Tais crenças estavam além da explicação racional; não se poderia esperar que uma zeladora as levasse em consideração.

Lady Slane experimentou a curiosa sensação comum a todos os que permanecem sozinhos pela primeira vez em uma casa vazia que pode se tornar seu lar. Olhou pela janela do primeiro andar, mas sua mente subia e descia as escadas e espiava pelos cômodos, pois já, nesta sua primeira visita, a geografia se havia fixado de forma familiar; isso em si era um sinal de que ela e a casa estavam em sintonia. Descia até a adega, onde ela não havia descido, mas cujos degraus cobertos de musgo já tinha visto; e se perguntou, distraidamente, se fungos cresceriam ali – não os de cor laranja salpicados, mas os esbranquiçados –, insalubres de uma forma mais desagradável. Parecia provável que fungos estivessem incluídos entre os invasores da casa, e isso a trouxe de volta ao cômodo vazio em que ela estava, com seus habitantes atrevidos soprando, acenando e correndo conforme apareciam.

Essas coisas – a palha, a folhagem de hera, a aranha – haviam tido a casa toda para si por muitos dias. Não pagavam aluguel, ainda assim, aproveitavam-se do chão, da janela e das paredes, durante uma existência leve e volátil. Esse era o tipo de companhia que lady Slane queria; estava farta de agitação, de competição e de um conjunto de ambições se contorcendo para contornar o outro. Ela queria se fundir com as coisas que flutuavam em uma casa vazia, embora, ao contrário da aranha, ela não teceria teias. Ficaria contente em se mexer com a brisa e crescer verde à luz do sol, flutuar ao longo da passagem dos anos, até que a morte a empurrasse gentilmente para fora e fechasse a porta atrás dela. Ela não queria nada além de passividade enquanto essas coisas externas faziam sua vontade sobre ela. Mas, antes de tudo, era necessário saber se ela poderia ficar com a casa.

Um leve som lá embaixo – seria uma porta se abrindo? – a fez parar para escutar. Sr. Bucktrout? Seu encontro com ele estava marcado para as quatro e meia, e já era hora. Ela deveria vê-lo, supôs, embora odiasse negócios e preferisse tomar posse da casa como a palha, a hera e a aranha tomaram, simplesmente se somando a ela. Suspirou, prevendo muitos afazeres antes de poder se sentar em paz no jardim; seria necessário assinar documentos, dar ordens, escolher cortinas e tapetes, e pôr vários seres humanos em movimento, todos munidos de martelos, tachinhas, agulhas e linha, antes que ela e seus pertences pudessem se estabelecer após sua última jornada. Por que não se poderia possuir a lâmpada de Aladim? Por mais que se simplificasse a vida, não se conseguia escapar totalmente de sua enorme complicação.

Ocorreu-lhe que o sr. Bucktrout, cujo nome ela havia registrado trinta anos atrás, poderia muito bem ter sido substituído por algum filho jovem e eficiente, e grande foi seu alívio quando, espiando por cima do corrimão, viu, de uma perspectiva curiosa e encurtada, um cavalheiro seguramente idoso parado no corredor. Ela observou o topo calvo de sua cabeça; logo abaixo, viu seus ombros, nenhum corpo, e então dois bicos de sapatos de couro envernizado. Ele ficou ali hesitante; talvez não soubesse que sua cliente já havia chegado, talvez não se importasse. Ela achou mais provável que ele não se importasse. Ele não parecia ter pressa em descobrir. Lady Slane desceu alguns degraus para poder vê-lo melhor. Vestia um longo casaco de linho como o de um pintor de casas; tinha um rosto rosado e um tanto rechonchudo, e mantinha um dedo pressionado contra os lábios, como se estivesse, de forma maliciosa e travessa, preocupado com algum problema em sua mente. O que diabos ele vai fazer?, perguntou-se ela, observando aquela pequena figura estranha. Ainda pressionando o dedo, como se pedisse silêncio, ele atravessou o corredor na ponta dos pés até onde uma mancha na parede indicava que um barômetro estivera pendurado ali; então deu tapinhas rápidos na parede, como um pica-pau batendo em uma árvore; balançou a cabeça; murmurou "Caindo! Caindo!"; e, pegando as pontas do casaco, executou duas piruetas perfeitas que o trouxeram de volta ao centro do corredor, parando graciosamente com o pé em ponta.

— Sr. Bucktrout? — disse lady Slane, descendo.

O sr. Bucktrout deu um pulo e mudou o pé de posição. Parou para admirar o peito do pé. Então olhou para cima.

— Lady Slane? — perguntou, fazendo uma reverência cheia de cortesia elaborada.

— Vim pela casa — explicou lady Slane, bastante à vontade e atraída por uma simpatia instantânea por aquela pessoa excêntrica.

O sr. Bucktrout abaixou as pontas do casaco e se firmou sobre os dois pés, como qualquer outra pessoa.

— Ah, sim, a casa — disse. — Tinha esquecido. É preciso ser profissional, embora o tempo esteja piorando. Então a senhora quer ver a casa, lady Slane. É uma casa bonita - tão bonita que eu não a alugaria para qualquer pessoa. É minha própria casa, a senhora entende; sou o proprietário, assim como o agente imobiliário. Se eu fosse apenas o agente, atuando em nome do proprietário, sentiria que era meu dever alugá-la o mais rápido possível. É por isso que ela permaneceu vazia por tanto tempo. Houve muitos candidatos, mas não gostei de nenhum deles. Mas a senhora a verá — ele colocou uma leve ênfase em *a senhora*.

— Eu já a vi — afirmou lady Slane —; a zeladora me mostrou.

— Claro. Uma mulher horrível. Tão dura, tão sórdida. A senhora deu uma gorjeta a ela?

— Sim — lady Slane respondeu, divertida. — Dei a ela meia coroa.

— Ah, que pena. Porém, agora é tarde demais. Bem, a senhora viu a casa. A senhora viu tudo? Quartos, três; banheiro, um; lavatórios, dois, um em cima e um embaixo; salas de recepção, três; sala de estar; dependências de serviço. Água encanada; luz elétrica. Meio acre de jardim; árvores frutíferas antigas, incluindo uma amoreira. Uma bela adega; a senhora gosta de cogumelos? Poderia cultivar cogumelos na adega. As damas, eu acho, raramente se importam muito com vinho, então a adega poderia muito bem ser usada para cogumelos. Nunca conheci uma dama que se desse ao trabalho de armazenar uma garrafa de vinho do Porto. E então, lady Slane, tendo visto a casa, o que acha dela?

Lady Slane hesitou, pois a ideia fantasiosa de contar ao sr. Bucktrout os pensamentos exatos que lhe ocorreram enquanto o esperava cruzou sua mente; ela se sentia confiante de que ele os receberia com total seriedade e sem surpresa. No entanto, em vez disso, limitou-se a dizer com a cautela e reserva esperadas de uma potencial inquilina:

— Acho que provavelmente ela se ajustaria bem a mim.

— Ah, mas a questão é — disse o sr. Bucktrout, novamente colocando o dedo nos lábios —, a senhora se ajustaria bem *a ela*? Tenho a sensação de que sim. E, em todo caso, não iria querê-la depois do fim do mundo.

— Espero que meu próprio fim venha antes disso — falou lady Slane, sorrindo.

— Não, a menos que a senhora tenha uma idade muito avançada mesmo — comentou o sr. Bucktrout seriamente. — O fim do mundo está previsto para daqui a dois anos. Poderia convencê-la com alguns cálculos matemáticos simples. Talvez a senhora não seja voltada à matemática. Poucas mulheres o são. Mas, se o assunto lhe interessar, eu poderia vir aqui tomar chá com a senhora um dia, quando estiver estabelecida, e fazer minha demonstração.

— Então vou me estabelecer aqui, é isso?

— Acho que sim; sim, acho que sim — respondeu o sr. Bucktrout, inclinando a cabeça para um lado e olhando obliquamente para ela. — Parece provável. Caso contrário, por que a senhora se lembraria da casa por trinta anos, como disse em sua carta, e por que eu teria rejeitado tantos inquilinos? As duas coisas parecem se unir para convergir em um ponto, depois de descrever arcos separados, não é mesmo? Acredito muito nos padrões geométricos traçados pelo destino. Essa é outra coisa que gostaria de lhe demonstrar um dia, se eu puder vir para o chá. Claro, se eu fosse apenas o agente, nunca sugeriria vir para o chá. Não seria adequado. Mas, sendo também o proprietário, sinto que quando terminarmos todos os nossos negócios, poderemos nos encontrar em pé de igualdade.

— Na verdade, espero que venha sempre que tiver vontade, sr. Bucktrout.

— A senhora é muito amável, lady Slane. Tenho poucos amigos, e acho que, à medida que envelhecemos, confiamos mais e mais na companhia dos próprios contemporâneos e nos afastamos da companhia dos jovens. Eles são tão cansativos. Tão perturbadores. Hoje em dia, mal consigo suportar estar com alguém com menos de setenta anos. Os jovens nos obrigam a encarar uma vida cheia de esforços pela frente. Os mais velhos permitem que olhemos para trás, para uma vida cujo esforço já acabou. Isso é repousante. O repouso, lady Slane, é uma das coisas mais importantes da vida, mas quão poucas pessoas o alcançam? Quão poucas pessoas, de fato, o desejam? Aos mais velhos, ele é imposto. Ou estão enfermos ou cansados. Mas metade deles ainda suspira pela energia que antes era própria. Que erro.

— Esse, ao menos, é um erro do qual não sou culpada — disse lady Slane, deixando escapar seu alívio para o sr. Bucktrout.

— Não? Então concordamos em, pelo menos, um dos principais assuntos. É terrível ter vinte anos, lady Slane. É tão ruim quanto enfrentar a corrida de cavalos com obstáculos do Grand National. Sabe-se que quase certamente cairemos no Riacho da Competição, quebraremos a perna na Cerca da Decepção, tropeçaremos no Fio da Intriga e certamente nos frustraremos no Obstáculo do Amor. Quando se é velho, é possível abandonar-se como um cavaleiro ao final da corrida e pensar: Bem, nunca mais terei que correr naquele percurso.

— Mas o senhor se esquece, sr. Bucktrout — comentou Lady Slane, mergulhando em suas próprias memórias —, de que quando éramos jovens, gostávamos de viver perigosamente, desejávamos isso, não ficávamos horrorizados.

— Sim. Isso é verdade. Quando era jovem, era um hussardo. Meu maior prazer era caçar javalis. Eu lhe asseguro, lady Slane, que atingia o ponto mais alto da vida sempre que via um belo par de presas vindo em minha direção. Tenho vários pares montados em minha casa hoje, e ficaria feliz em lhe mostrar. Porém não tinha uma ambição, nenhuma ambição militar. Nunca tive a menor vontade de comandar meu regimento. Então, é claro, renunciei ao meu posto, desde quando aprendi que os prazeres da contemplação são maiores do que os prazeres da atividade.

A imagem do sr. Bucktrout como um hussardo, assim evocada por suas frases estranhamente afetadas, provocou em lady Slane uma diversão que ela teve o cuidado de esconder. Achou fácil acreditar que ele nunca havia nutrido nenhuma ambição militar. Ela o achou inteiramente do seu agrado. Ainda assim, era necessário chamá-lo de volta às questões práticas, supôs, embora Deus saiba que essa conversa desconexa era para ela uma nova e luxuosa indulgência.

— Mas agora, sobre a casa, Sr. Bucktrout — começou, assim como Carrie havia retomado o tópico consigo mesma depois daquele fluxo de joias que trocavam de mãos; foi uma recaída na velha postura vice-real que trouxe o sr. Bucktrout de volta da caça aos javalis no mato para o assunto dos aluguéis em Hampstead. — Gosto da casa e, aparentemente — acrescentou com um sorriso que desfez a postura vice-real —, o senhor me aprova como inquilina. Mas e os negócios? E o aluguel?

Ele a olhou surpreso. Evidentemente, estivera ocupado caçando javalis em sua mente no intervalo; havia retornado à vida como um hussardo, esquecendo-se de ser dono e agente. Aproximou o dedo do nariz, dessa vez, olhando lady Slane de forma inquisitiva, dando-se tempo para pensar. O assunto parecia desagradável para ele, embora vestígios de sua formação empresarial o puxassem, mexendo com algo em sua mente; vivia, naturalmente, em um mundo onde os aluguéis não eram de muita importância. O mesmo acontecia com lady Slane; e, por isso, dificilmente poderia imaginar-se um par mais mal ajustado, e ainda assim, mais apropriado, para discutir aluguéis.

— O aluguel... o aluguel... — disse o sr. Bucktrout, como alguém que se esforça para estabelecer a conexão com alguma palavra em uma língua estrangeira que certa vez conheceu.

Então ele se animou.

— Claro: o aluguel — falou rapidamente. — A senhora quer alugar a casa com um contrato anual? — perguntou, recuperando seu vocabulário após sua excursão de cinquenta anos de volta aos dias de caçador de javalis como um hussardo. — Não valeria a pena alugá-la com um contrato de mais de um ano — acrescentou. — A senhora poderia vir a desocupá-la a qualquer momento, e seus herdeiros não gostariam de ter que ficar com ela. Acho que, com base nisso, podemos chegar a um acordo satisfatório. Gosto da ideia de um inquilino que me devolva a casa em um curto período. Além da minha predileção pessoal pela senhora, lady Slane, embora essa predileção possa ter surgido abruptamente, aprecio a ideia de que esta casa em particular retorne ao meu domínio em breves intervalos. Dessa maneira, a senhora me serviria admiravelmente bem como inquilina. Há outros pontos de vista, é claro, como nesta vida invariavelmente há, mas, no interesse dos negócios, devo ignorá-los por enquanto. Esses outros pontos de vista são puramente sentimentais, é claro, por exemplo, que eu gostaria que a senhora seja a ocupante desta casa em particular (falando como o proprietário, não o agente), e que eu possa esperar por tardes agradáveis na hora do chá, quando poderei lhe apresentar, como a uma dama inteligente, minhas várias pequenas demonstrações. Todas essas considerações deverão ficar de lado por enquanto. Estamos aqui para discutir a questão do aluguel.

Mais uma vez, apontou o pé para a frente; recompôs-se; retirou o pé; e lançou a lady Slane um olhar cheio de satisfação e triunfo.

Ele coloca o assunto de maneira delicada e admirável, pensou Lady Slane; dificilmente valeria a pena para mim alugar a casa por mais de um ano, já que a qualquer momento eu poderia desocupá-la sendo carregada para fora dela em meu caixão. Mas e se ele morresse antes de mim? Pois, embora eu seja de fato uma mulher velha, ele, sem dúvida, é um homem igualmente velho. Será que qualquer delicadeza de fala entre pessoas tão próximas da morte é realmente absurda? No entanto, as pessoas não falam de bom grado de forma clara sobre a morte, por mais fixa que sua iminência possa pesar em seus corações; então lady Slane se absteve de apontar as possíveis falácias do argumento do sr. Bucktrout e apenas disse:

— Um contrato anual me serviria muito bem. Ainda assim, isso não responde à minha pergunta sobre o aluguel, não é mesmo?

O sr. Bucktrout estava manifestamente envergonhado por ser encurralado dessa forma. Embora proprietário e agente, ele era um daqueles que se ressentem de ver suas fantasias reduzidas a termos de libras e cêntimos. Além disso, havia decidido que lady Slane seria sua inquilina. Ele contemporizou.

— Bem, lady Slane, eu rebato sua pergunta: que aluguel estaria disposta a pagar?'

Delicadeza de novo, pensou lady Slane. Ele não diz: "que valor a senhora teria condições pagar?" Essa troca de cortes, como no esgrima, esse andar em volta um do outro como dois pombos cortejando, estava se tornando ridículo. Henry teria colocado um fim naquilo, resolvendo a situação com um golpe frio de razão. No entanto, ela gostava do homenzinho estranho e estava grata, sinceramente grata, por ter rejeitado a companhia de Carrie. Carrie, como seu pai, teria intervindo drasticamente, destruindo assim um relacionamento que havia crescido, criando a si mesmo, tão rápido e requintadamente quanto um pequeno navio feito de vidro soprado, cada fio endurecendo instantaneamente ao deixar o tubo e encontrar o ar, mas permanecendo tão quebradiço que uma nota falsa, chocando-se nas ondulações etéreas, poderia estilhaçá-lo. Encolhendo-se, lady Slane mencionou uma quantia, grande demais; que o sr. Bucktrout imediatamente reduziu pela metade, pequena demais.

Mas entre eles, chegaram a um acordo. Embora não fosse o método de todos de conduzir negócios, era muito adequado para eles, e eles se separaram muito satisfeitos um com o outro.

Carrie achou sua mãe curiosamente reticente a respeito da casa. Sim, ela a havia visto; sim, ela havia encontrado o agente; sim, ela havia combinado de ficar com ela. Em um contrato de arrendamento anual. Carrie exclamou: E se o agente recebesse uma oferta melhor e a despejasse? Lady Slane sorriu sabiamente. O agente, disse, não a expulsaria. Mas, argumentou Carrie, agentes são pessoas tão terrivelmente gananciosas - naturalmente, tinham que ser gananciosos -, que garantias tinha sua mãe de que, no final de um ano, não seria obrigada a procurar outra casa? Lady Slane disse que não previa tal coisa, o sr. Bucktrout não era esse tipo de pessoa. Bem, mas, argumentou Carrie, exasperada, o sr. Bucktrout precisava ganhar a vida, não é mesmo? Negócios não se baseiam em filantropia. E sua mãe tinha feito algum arranjo sobre reparos e decoração? perguntou, passando rapidamente para outro assunto, já que havia desistido de toda esperança de fazer algo em relação ao aluguel; e sobre o papel de parede, o caiado e os vazamentos no telhado? Sua mãe tinha pensado nisso? Carrie, que havia controlado todas as decisões de sua mãe por anos, realmente sofreu um frenesi de mortificação e ansiedade, intensificado por sua incapacidade de dar rédea solta à sua indignação, pois ela não poderia razoavelmente assumir autoridade sobre uma senhora de oitenta e oito anos se aquela senhora escolhesse, de repente, dar a entender que, tendo atingido a idade de oitenta e oito anos, era capaz de administrar seus assuntos sozinha. Carrie tinha certeza de que não era capaz de nada do tipo; além de sua consternação por se ver deposta, ela estava genuinamente preocupada em ver sua mãe caminhando diretamente, e sem possibilidade de resgate, rumo à mais terrível confusão. Lady Slane, enquanto isso, respondeu calmamente que o sr. Bucktrout havia prometido providenciar os carpinteiros, pintores, encanadores e estofadores em seu nome. Era gentil da parte de Carrie se preocupar, mas totalmente desnecessário. Ela e o sr. Bucktrout resolveriam tudo entre eles.

Carrie sentiu que era inútil até mesmo mencionar a palavra *orçamento*. Sua mãe parecia ter se afastado dela, para um mundo governado não pela razão, mas pelo sentimento. Um mundo que pressupunha a delicadeza e os sentimentos agradáveis de outras pessoas. Um mundo que, como Carrie sabia muito bem, não tinha relação com nada neste planeta. Tudo fazia parte da mesma essência que a extraordinária indiferença e obtusidade de sua mãe em relação às joias. Quem, em sã consciência, teria entregado cinco, talvez sete mil libras em joias como aquelas? Quem, com alguma percepção adequada, teria deixado de perceber que Carrie e Lavinia deveriam ter recebido pelo menos uma parte? Sem mencionar Edith. Elas não teriam negado um broche à pobre Edith. Afinal, Edith era filha de seu pai. Mas sua mãe tinha dado tudo, como se fosse entulho, assim como ela agora tinha entregado alegremente a si mesma e a sua bolsa nas mãos de um velho predador chamado Bucktrout.

Carrie, no entanto, encontrou grande consolo em conversar sobre o assunto de forma detalhada e repetitiva com seus familiares. A solidariedade deles foi, portanto, aumentada. Todos eles desfrutavam completamente de suas reuniões à mesa do chá da tarde – era sua refeição favorita, talvez por ser a mais barata –, e a ninguém importava com que frequência a outra pessoa dizia a mesma coisa, mesmo emoldurada nas mesmas palavras. Eles ouviam toda vez, com aprovação renovada, balançando a cabeça como se alguma descoberta nova e esclarecedora tivesse acabado de ser feita. Carrie e seus parentes encontravam grande tranquilidade na afirmação e reafirmação. Diga uma coisa com bastante frequência, e ela se torna verdade; martelando estacas suficientes, de padrão semelhante, eles ergueram uma trincheira entre si e os perigos selvagens da vida. A frase "Mamãe é maravilhosa", tão presente entre a morte e o funeral, foi rapidamente substituída pela frase "Querida Mamãe - tão desajeitada em relação a qualquer coisa prática". Mas tendo dito isso - e tendo dito isso com perseverança louvável, em Queen's Gate, onde William e Lavinia moravam, em Lower Sloane Street, onde Carrie e Roland moravam, na Cromwell Road, onde Charles tinha seu apartamento, em Cadogan Square, onde Herbert e Mabel moravam -, tendo dito isso, eles foram surpreendidos pela própria incapacidade de lidar com aquela mãe suavemente desajeitada. Tão dócil, tão maleável sempre, ela os derrotara completamente - ela, e sua casa em Hampstead, e seu sr. Bucktrout. Nenhum deles havia visto o sr. Bucktrout; nenhum deles fora autorizado a vê-lo; até mesmo Carrie havia sido rejeitada, assim como suas ofertas de carona no carro; porém sua invisibilidade só adicionou combustível ao fogo da desconfiança deles. Ele se tornou "Esse homem que se apossou da Mamãe". Se lady Slane já não tivesse dado todas as pérolas, o jade, os rubis e as esmeraldas daquela forma desorganizada para Herbert e Mabel, eles teriam suspeitado que ela as entregara todas para o sr. Bucktrout por sugestão do sr. Bucktrout. Esse sr. Bucktrout, com sua imprecisão sobre o aluguel, com sua presteza sobre carpinteiros, pintores, encanadores e estofadores - o que ele poderia ser, senão um predador? Na melhor das hipóteses, seu motivo ficou claro para Carrie e a família na sinistra palavra *comissão*.

Enquanto isso, o sr. Bucktrout havia garantido os serviços do sr. Gosheron.

— O senhor deve entender — disse ele ao estimável trabalhador de ofício — que lady Slane, apesar de sua alta posição, é uma dama de meios limitados. Nem sempre é seguro, sr. Gosheron, assumir a riqueza na aristocracia. Que um cavalheiro tenha sido vice-rei da Índia e primeiro-ministro da Inglaterra, não significa que seu cofre estará cheio quando ele falecer. Nossos serviços públicos, sr. Gosheron, são conduzidos em princípios muito diferentes. Portanto, cabe-lhe, sr. Gosheron, manter seu orçamento tão baixo quanto for compatível com seu próprio lucro razoável. Como agente, e também como proprietário de casas, tenho alguma experiência em tais assuntos. E asseguro-lhe que farei questão de verificar seus orçamentos em nome de lady Slane, assim como se fosse em meu próprio nome.

O sr. Gosheron garantiu ao sr. Bucktrout que ele jamais sonharia em tirar vantagem de sua senhoria.

Genoux, desde a primeira vez que o viu, gostou do sr. Gosheron.

— *Voilà un monsieur* — disse ela —, *qui connaît son travail. II sait par exemple, quels* pesos *il faut mettre dans les rideaux. Et il sait faire de la peinture pour que ça ne* grude. *J'aime, le bon travail - pas trop cher, mais pas de pacotille.*[1]

Genoux e Lady Slane, libertadas de Carrie, passaram dias muito felizes com o sr. Bucktrout e o sr. Gosheron. Lady Slane gostava de tudo em relação ao sr. Gosheron, até mesmo de sua aparência. Ele parecia muito respeitável, e invariavelmente usava um chapéu-coco, gasto pelo tempo, que nunca tirava, nem mesmo dentro de casa, mas que, para demonstrar respeito a lady Slane, ele inclinava para frente pela aba traseira, e então recolocava no lugar. Seu cabelo, que alguma vez fora castanho, mas agora estava grisalho e ralo, invariavelmente ficava desarrumado por essa inclinação do chapéu, de modo que, após o ato, uma mecha se destacava na parte de trás, fascinando lady Slane, mas passando despercebida por seu dono. Ele sempre carregava um lápis atrás da orelha, um lápis tão grosso e de grafite tão macio que não servia para nada além de deixar uma

---

[1] Aqui está um cavalheiro que conhece seu trabalho. Ele sabe, por exemplo, que pesos colocar nas cortinas. E ele sabe pintar para não grudar. Gosto de um bom trabalho: não muito caro, mas também não malfeito.

marca em uma tábua de madeira, mas que lady Slane nunca viu sendo usado para qualquer outro propósito, a não ser para coçar a cabeça. Nele, ela rapidamente reconheceu um daqueles artesãos que criticam todo trabalho que não é feito sob seus próprios auspícios. "Essa é uma engenhoca ruim", sr. Gosheron murmurava, examinando o registro do fogão da cozinha. Ele sempre dava a entender que, se o trabalho tivesse sido deixado a ele, teria sido feito de maneira muito melhor. No entanto, sugeria ao mesmo tempo que um homem com sua experiência poderia corrigir a situação; melhorar, embora de forma não totalmente satisfatória, um trabalho malfeito. Silencioso, como regra, e contido na presença do sr. Bucktrout, ele se entregava em ocasiões a uma explosão própria. Lady Slane ficava especialmente encantada quando ele se entregava a explosões, como suas explosões contra bangalôs seccionais com telhado de amianto. Essas explosões eram mais valiosas por sua raridade. "Não consigo entender, minha senhora", dizia ele, "como as pessoas podem viver sem beleza". O sr. Gosheron conseguia ver beleza em uma tábua de madeira qualquer, se ela estivesse bem ajustada, embora naturalmente ele preferisse uma de carvalho. "E pensar", ele disse uma vez, "que algumas pessoas cobrem os veios com tinta!" O sr. Gosheron não era um homem jovem; tinha setenta anos, no mínimo, mas suas tradições remontavam a cem anos ou mais. "Esses caminhões que fazem as paredes tremerem!", exclamava. Henry Slane, sempre progressista, via beleza em caminhões, assim como o sr. Gosheron a via em uma tábua bem trabalhada; mas lady Slane, que por anos se esforçara lealmente para acompanhar a beleza dos caminhões, agora se via libertada de volta a um conjunto de valores muito mais agradáveis. Ela podia ficar horas com o sr. Bucktrout e sr. Gosheron, com Genoux seguindo-os como um coro sólido e atarracado. Plantada diretamente sobre seus dois pés, rangendo dentro de seus forros de papel pardo, Genoux, que passara a vida desaprovando, por princípio, quase todo mundo, olhava para o sr. Bucktrout e o sr. Gosheron com uma aprovação que quase chegava ao amor. Quão diferentes eram, quão intrigante e agradavelmente diferentes, dos filhos de *miladi*! (por quem, não obstante, Genoux nutria um respeito reverente). Os dois velhos cavalheiros pareciam genuinamente preocupados em garantir que lady Slane tivesse tudo exatamente como ela gostava, mas sem incorrer em grandes despesas; quando ela fazia sugestões hesitantes, quanto à inclusão de uma prateleira de vidro no banheiro, ou o que quer que fosse, eles se entreolhavam com cumplicidade, quase uma piscadela, e invariavelmente diziam que achavam que isso poderia ser administrado. Era assim que Genoux gostava de ver *miladi* sendo tratada – como se ela fosse algo precioso, frágil e altruísta, precisando de uma insistência protetora sobre os direitos que ela nunca reivindicaria para si mesma. Ninguém nunca a havia tratado assim antes. Milorde a amara, é claro, e sempre a protegera de problemas (milorde, que sempre tivera tão belas maneiras com todos), mas ele próprio era uma personalidade tão dominante que os demais caíam naturalmente em sua sombra. Seus filhos também a amavam, ou assim Genoux supunha, pois era impensável para Genoux que um filho não amasse sua mãe, mesmo que ele tivesse mais de sessenta anos de idade, embora houvesse momentos em que Genoux não conseguia de forma alguma aprovar a atitude deles com a mãe. Lady Charlotte, por exemplo, era realmente muito tirânica, chegando a Elm Park Gardens a qualquer hora do dia, e seu aspecto era suficiente para fazer uma velha senhora tímida tremer. Muitas vezes, era possível detectar uma impaciência velada por trás de suas palavras. E todos eram muito enérgicos, na opinião de Genoux, exceto lady Edith e o sr. Kay; eles deixavam a pobre mãe agitada, falando alto e presumindo que seus poderes eram iguais aos deles. Uma vez, quando lady Slane estava saindo com o sr. William, ela propôs pegar um táxi; mas o sr. William disse que não, que eles poderiam muito bem ir de ônibus, e Genoux, que estava segurando a porta da frente aberta para eles, quase tirou dezoito pence de sua bolsa para oferecê-los ao sr. William. Ela agora desejava ter-se entregado àquela ironia. Não era razoável tratar uma dama de oitenta e oito anos como se ela tivesse apenas sessenta e cinco. Genoux, que era apenas dois anos mais nova que lady Slane, ficava indignada sempre que ajudava lady Slane a calçar suas galochas no hall de Elm Park Gardens e lhe entregava um guarda-chuva para ela sair à intempérie. Não era certo, especialmente quando se considerava o estilo de vida ao qual lady Slane estava acostumada, sentada em um elefante com um cornaca atrás dela segurando um guarda-sol sobre sua cabeça. Genoux preferia Calcutá a Elm Park Gardens.

Mas em Hampstead, graças ao sr. Bucktrout e ao sr. Gosheron, a atmosfera adequada havia sido finalmente alcançada. Era modesta; não havia oficiais auxiliares de campo, nem príncipes, mas, embora modesta, era acolhedora, e afetuosa, e respeitosa, e vigilante e generosa, exatamente como deveria ser. O sr. Bucktrout se expressava em um estilo que Genoux achava extremamente distinto. Ele era estranho, certamente, mas era um cavalheiro – *un vrai monsieur*. Tinha ideias estranhas e bonitas; nunca estava com pressa; interrompia seus afazeres para falar sobre Descartes ou sobre a satisfação proporcionada pelo padrão. E quando ele dizia padrão, não se referia ao padrão de uma estampa de papel de parede; referia-se ao padrão da vida. O sr. Gosheron também nunca tinha pressa. Às vezes, a título de comentário, ele levantava seu chapéu-coco pela parte de trás e coçava a cabeça com seu lápis. Falava muito pouco, e sempre em voz baixa. Deplorava a decadência dos ofícios manuais no mundo moderno; recusava-se a empregar sindicalistas e havia reunido uma tropa de trabalhadores, a maioria dos quais ele mesmo treinara, e que eram, por consequência, tão velhos que Genoux às vezes tinha medo de que eles caíssem das escadas. Os trabalhadores também entraram na conspiração para agradar lady Slane; sempre a cumprimentavam com sorrisos radiantes, tiravam os bonés e apressavam-se em mover as latas de tinta do caminho dela. No entanto, apesar de toda a calma que permeava a casa, o trabalho parecia prosseguir bem rápido, e sempre havia alguma pequena surpresa preparada para lady Slane toda vez que ela vinha a Hampstead.

O sr. Bucktrout até lhe oferecia pequenos presentes, embora com a delicadeza de restringi-los a uma natureza bem modesta e econômica, de forma que ela pudesse aceitá-los sem constrangimento. Às vezes, era uma planta para seu jardim, às vezes, um vaso de flores colocado com um curioso efeito de brilho no parapeito de uma janela em uma sala vazia. Ele foi compelido a colocá-los no parapeito de uma janela, explicou, já que ainda não havia mesas ou outros móveis, mas lady Slane suspeitava que ele realmente preferia o parapeito, onde poderia dispor seu presente de modo que os raios do sol caíssem sobre ele na hora exata da chegada de sua inquilina. Ela o provocava, às vezes, atrasando-se meia hora, mas ele permanecia impassível; certa vez, um anel de água, a cerca de oito centímetros do vaso, o traiu: percebendo que ela estava atrasada, subiu novamente e reposicionou as flores para que ficassem sob o sol. A velhice, refletia lady Slane, certamente deve se contentar com prazeres muito pequenos, a julgar pelo prazer que ela experimentou com a confirmação de suas suspeitas. Cansada, debilitada, pronta para ir, ela ainda podia se divertir jogando um joguinho em miniatura com o sr. Bucktrout e o sr. Gosheron, uma espécie de minueto surgido ao som de uma música que desvanecia, artificial talvez, mas simbólica de uma realidade que ela nunca havia alcançado com seus próprios filhos. A artificialidade estava na maneira, a realidade no coração que a inventou. A cortesia deixava de ser completamente artificial quando motivada pela real estima; tornava-se, simplesmente, uma das graças decentes e veladas; uma fórmula pela qual um sentimento mais profundo pode ser transmitido.

Eles eram velhos demais, os três, para sentir intensamente; para competir, contornar e pontuar. Precisavam recorrer à velha medida do minueto, em que a reverência do cavalheiro expressava toda a sua galanteria apreciativa para com as mulheres, e o leque da dama levantava uma brisa insuficiente para agitar seus cabelos. Isso era a velhice, quando as pessoas sabiam tudo tão bem que não podiam mais se dar ao luxo de expressá-lo, exceto em símbolos. Já se foram aqueles dias em que o sentimento rompia seus limites e jorrava quente da fundição, quando o coração parecia propenso a se dividir com desejos complexos e contraditórios; agora não restava nada além de uma paisagem monocromática, as características idênticas, mas com todas as cores dissipadas, e nada além de um gesto deixado no lugar da palavra.

Enquanto isso, o sr. Bucktrout trazia suas pequenas oferendas, e lady Slane gostava mais delas quando tomavam a forma de flores. O sr. Bucktrout, quando ela começou a conhecê-lo, revelou muitos pequenos talentos, entre os quais, o dom para arranjar um buquê não era o menor deles. Ele fazia combinações ousadas e surpreendentes de cor e forma, até que o resultado fosse mais como uma pintura de natureza morta do que como um buquê de flores vivas, mas informadas com uma vida que nenhuma tinta poderia rivalizar. Colocadas no parapeito da janela, luminosas ao sol, mais luminosas para as tábuas nuas e o gesso ao redor delas, sua textura parecia brilhar de dentro, e não apenas de fora. Nem sua inventividade jamais vacilou, pois nessa semana ele produziria um buquê tão chamativo quanto uma cigana, todo em azul, roxo e laranja, mas na semana seguinte, seria um buquê discreto em tons pastéis, todo em rosa e cinza, com um toque de amarelo e alguns ramos levemente salpicados em creme. Lady Slane, que poderia ter sido pintora, apreciava seus efeitos. O sr. Bucktrout é um artista, dizia lady Slane; e até Genoux, que não gostava muito de flores na casa porque derramavam suas pétalas sobre as mesas, e, por fim, tinham que ser jogadas fora, fazendo uma bagunça úmida na lixeira destinada a papéis, até Genoux comentou um dia que "*Monsieur aurait dû se faire floriste*".

Pouco a pouco, vendo que seus esforços eram apreciados, seus presentes se tornaram mais pessoais. O vaso de flores vinha com um enfeite que lady Slane podia prender à altura do ombro. A primeira ocasião deu origem a uma dificuldade, porque, procurando sob suas rendas e babados, preocupada em não decepcionar o velho cavalheiro, ela não conseguia encontrar nada que o fixasse; daí em diante, ele sempre providenciava um grande alfinete de segurança preto, firmemente posicionado através do papel prateado que envolvia os talos, e lady Slane o usava obedientemente, embora tivesse tido a suficiente precaução de trazer um consigo. De tais pequenas cortesias, tácitas e mútuas, era composto seu relacionamento.

Um dia, ela lhe perguntou por que ele se dedicava tanto a ela. Por que se empenhara tanto em encontrar o sr. Gosheron para ela, supervisionar seus orçamentos, analisar cada detalhe do trabalho? Isso, certamente, não era costumeiro em um agente, mesmo um agente que também era proprietário, não é? O sr. Bucktrout, de imediato, ficou muito sério.

— Estive pensando, lady Slane, se a senhora me faria essa pergunta. Fico feliz que a tenha feito, pois sempre sou a favor de deixar a luz do dia entrar nos emaranhados de um mal-entendido. A senhora está certa: não é costumeiro. Digamos que eu faça isso porque tenho poucos outros afazeres e que, contanto que a senhora não se oponha, sou grato por me proporcionar essa ocupação.

— Não — respondeu lady Slane, tímida, mas determinada —, não é esse o motivo. Por que o senhor se ocupa de meus interesses dessa forma? Veja, sr. Bucktrout, o senhor não apenas controla o sr. Gosheron, que, na verdade, precisa de menos controle do que qualquer empreiteiro que já conheci, mas desde o começo tem se esforçado para me poupar o máximo possível. Posso não ser muito versada em questões práticas — prosseguiu ela com seu sorriso encantador —, mas já vi o suficiente do mundo para perceber que os negócios não são geralmente conduzidos da forma que o senhor o faz. Além disso, minha filha Charlotte... bem, não importa minha filha Charlotte. O fato é que estou confusa e também bastante curiosa.

— Eu não gostaria que a senhora me achasse um simplório, lady Slane — respondeu o sr. Bucktrout, em tom bem grave. Ele hesitou, como se estivesse pensando se deveria se abrir com ela, então se lançou apressadamente em outro pequeno discurso:
— Não sou um simplório. Nem sou um velho infantil. Não gosto

de infantilidade e todas essas bobagens. Não sinto nada além de impaciência com as pessoas que fingem que o mundo é diferente do que é. O mundo, lady Slane, é lamentavelmente horrível. É horrível porque se baseia em luta competitiva – e realmente não se sabe se devemos chamar a base dessa luta de convenção ou necessidade. É alguma ilusão extraordinária ou é uma lei da vida? Talvez seja uma lei animal da qual a civilização pode eventualmente nos libertar? No momento, parece-me, lady Slane, que o homem alicerçou todos os seus cálculos em um sistema matemático fundamentalmente falso. Suas somas funcionam bem para seus próprios propósitos, porque ele abarrotou o mundo com suas premissas e o forçou a aceitá-las. Julgadas por outras leis, embora as respostas permanecessem corretas, as premissas pareceriam meramente loucas; engenhosas o bastante, mas loucas. Talvez um dia, uma civilização verdadeira possa sobrevir e escrever um grande "E" de errado contra todas as nossas respostas. Entretanto, ainda temos um longo caminho a percorrer; um longo caminho a percorrer. — Ele balançou a cabeça, pôs o pé em ponta e mergulhou em suas reflexões.

— Então o senhor acha — disse lady Slane, vendo que ela deveria tirá-lo de suas abstrações — que qualquer um que vá contra essa ilusão extraordinária está ajudando a civilização?

— Acho sim, lady Slane; certamente sim. Mas em um mundo como o constituído atualmente, é um luxo que somente poetas conseguem pagar, ou pessoas em idade avançada. Asseguro-lhe que quando comecei a trabalhar, depois de ter renunciado ao meu cargo militar, eu era feroz. É realmente a única palavra que posso usar. Feroz. Ninguém poderia sair vencedor contra mim. E quanto mais severa era a minha conduta, mais respeito eu ganhava. Nada ganha respeito tão rápido quanto deixar seus companheiros verem que não se é páreo para eles. Outros métodos podem lhe render respeito a longo prazo, mas para pegar um atalho, não há nada como estabelecer uma alta avaliação de si mesmo e forçar os outros a aceitá-la. Modéstia, moderação, consideração, delicadeza, nada disso; não traz resultados. Se a senhora conhecesse um de meus colegas de antigamente, lady Slane, ele lhe diria que, na minha época, eu era uma força implacável.

— E quando o senhor desistiu desses princípios inclementes, sr. Bucktrout? — perguntou lady Slane.

— A senhora não acha que eu esteja me gabando, não é, lady Slane? — retrucou o sr. Bucktrout, olhando para ela. — Estou lhe contando tudo isso para que perceba que *ingenuidade* não é minha fraqueza. Como eu disse, não devo permitir que pense que sou um simplório. Quando eu desisti desses princípios? Bem, estabeleci um prazo para eles. Determinei que, aos sessenta e cinco anos, os negócios, propriamente ditos, não fariam mais parte da minha vida. No meu sexagésimo quinto aniversário, ou, para ser mais correto, no meu sexagésimo sexto, acordei um homem livre. Pois minha prática sempre fora uma disciplina, e não uma inclinação.

— Mas e esta casa? O senhor me disse que por trinta anos recusava inquilinos se não gostasse deles. Certamente isso era inclinação, não era? Dificilmente poderia ser descrito como negócio?

— Ah — disse o sr. Bucktrout, apoiando o dedo sobre o nariz —, a senhora é muito astuta, lady Slane; tem uma memória muito boa. Porém, não seja tão dura comigo: esta casa sempre foi meu pequeno pedaço de loucura. Ou, devo dizer, meu pequeno pedaço de sanidade? Gosto de ser exato em minhas expressões. Vejo, lady Slane, que a senhora é um tanto provocadora. Não quero ser impertinente. Se as damas não provocassem, estaríamos correndo o risco de nos levarmos muito a sério. Sempre tive a ideia de que gostaria de terminar meus dias nesta casa, então, naturalmente, não queria que sua atmosfera fosse contaminada por nenhuma influência antipática. A senhora deve ter notado - é claro que notou - que a atmosfera aqui é curiosamente amadurecida e distanciada. Preservei-a com o maior cuidado, pois, embora não se possa criar uma atmosfera, pode-se ao menos protegê-la contra perturbações.

— Mas se o senhor quer viver aqui mesmo, ou melhor, morrer aqui — argumentou lady Slane, vendo que ele tinha levantado a mão e estava prestes a corrigi-la —, por que me deixou alugá-la?

— Oh — disse o sr. Bucktrout, com serenidade e em um tom consolador —, sua locação, lady Slane, provavelmente não afetará minhas intenções.

Por mais cortês que o sr. Bucktrout fosse a esse respeito, permanecia firmemente insensível, não escondendo o fato de que lady Slane precisaria da casa apenas por um curto período de tempo. Sempre que ele a desencorajava a gastos desnecessários, fazia-o sob a justificativa de que dificilmente valeria a pena. Quando ela mencionara o aquecimento central, ele a lembrara de que passaria apenas alguns invernos, se é que passaria algum, em sua última morada.

— Embora, com certeza — acrescentou com compaixão —, não haja razão para que alguém não se sinta confortável enquanto pode.

Genoux, ouvindo essa observação, convocou a religião para dar suporte à sua indignação.

— *Monsieur pense donc qu'il n'y a pas de radiateurs au paradis? Il se fait une idée bien mièvre d'un Bon Dieu peu* atualizado. [2]

Ainda assim, o sr. Bucktrout persistiu em sua ideia de que lamparinas a óleo seriam suficientes para aquecer os cômodos. Ele calculou a quantidade de galões de parafina que consumiriam por um inverno e os comparou com o custo de uma fornalha e da instalação de tubos nas paredes.

— Mas, sr. Bucktrout — disse lady Slane, não sem malícia —, como proprietário e agente, o senhor deveria me encorajar a instalar aquecimento central. Imagine o quanto isso atrairia seu próximo inquilino.

— Lady Slane, a consideração sobre meu próximo inquilino permanece em um compartimento separado da consideração sobre minha inquilina atual. Essa sempre foi minha regra na

[2] Então monsieur acha que não existem aquecedores no paraíso? Tem um julgamento muito insípido de um Deus que não está atualizado.

vida; e graças a ela, sempre consegui manter meus relacionamentos separados. Confio muito em contornos nítidos. Não gosto de imprecisões. A maioria das pessoas cai no erro de fazer de toda a sua vida algo impreciso, agradando a ninguém, muito menos a si mesmas. A concessão é a própria essência da negação. Meu princípio tem sido que é melhor agradar muito a uma pessoa do que agradar um pouco a várias, não importando o quanto chegue a ofender. Já cometi muitas ofensas na minha vida, mas não me arrependo de nenhuma delas. Acredito em aproveitar o que o momento oferece. A vida é tão transitória, lady Slane, que é preciso agarrá-la pelo rabo enquanto ela passa voando. Não adianta pensar em ontem ou amanhã. O ontem se foi, e o amanhã é problemático. Até o hoje é precário o suficiente, Deus sabe. Portanto, eu lhe digo — prosseguiu o sr. Bucktrout, recaindo na linguagem bíblica e apontando o pé como se quisesse apontar suas palavras —, não coloque aquecimento central, pois a senhora não sabe quanto tempo poderá viver para aproveitá-lo. Meu próximo inquilino é bem-vindo a se aquecer no inferno. Estou aqui para aconselhá-la; e meu conselho é, compre uma lamparina a óleo - várias lamparinas a óleo. Elas lhe darão calor e a acompanharão até o último momento, não importa quantas vezes tenha que renovar os pavios. — Ele trocou de pé e apalpou as abas do casaco em um pequeno floreio pejorativo.

O sr. Gosheron, um tanto envergonhado, inclinou o chapéu.

Essa convicção da transitoriedade de seu mandato surgiu, como lady Slane viria a descobrir, por duas causas: a estimativa do sr. Bucktrout sobre sua própria idade e suas visões proféticas quanto ao fim iminente do mundo. Ele discursou gravemente sobre esse assunto, sem se deixar intimidar pela presença de Genoux e do sr. Gosheron, que preferiam evitar tais tópicos e queriam, respectivamente, falar sobre armários para roupas de cama e sobre o caiado da casa. Os lençóis de Genoux deveriam esperar, assim como os pequenos discos coloridos do sr. Gosheron, miniaturas de luas cheias, chamadas de vermelho-pompeiano, cinza-pedra, verde-oliva e rosa-camarão. A atenção do sr. Bucktrout estava muito envolvida com a eternidade para que armários de roupa de cama e cal de parede conseguissem atraí-lo mais do que superficialmente. Ele podia suportá-los por cinco minutos; não mais. Depois disso, enfiava seu sarcasmo no sr. Gosheron, dizendo coisas como que suas medidas variavam em comprimento de cômodo para cômodo, conforme se estendiam de norte a sul, ou de leste a oeste, e que as prateleiras de Genoux nunca poderiam ser verdadeiramente niveladas, visto que todo o universo era baseado em uma curva. Isso desconcertava tanto Genoux quanto o sr. Gosheron, mas fazia Genoux respeitar ainda mais o sr. Bucktrout por sua erudição, e fazia o chapéu do sr. Gosheron inclinar-se quase até a ponta do nariz. O sr. Bucktrout, observando essa confusão, se deleitava com um prazer sádico. Ele sabia que tinha uma audiência apreciativa em lady Slane, mesmo enquanto se mantinha realista o suficiente para protegê-la.

— Como deve saber — disse ele, de pé em uma sala inacabada enquanto os pintores suspendiam seus pincéis para ouvir —, há pelo menos quatro teorias pressagiando o fim do mundo. Fogo, inundação, gelo e colisão. Há outras, mas são tão pouco científicas e tão improváveis que se tornam insignificantes. Depois, há, é claro, os números proféticos. Na medida em que acredito que os números sejam uma parte básica das harmonias eternas, sou um pitagórico convicto. Os números existem no vazio; é impossível imaginar a destruição dos números, mesmo que se imagine a destruição do universo. Não quero dizer com isso que concordo com engenhosidades como o grande número sagrado dos babilônios - doze milhões novecentos e sessenta mil, como deve se lembrar -, nem tampouco com cálculos como os de William Miller, que, por um sistema de adições e deduções, decidiu que o mundo acabaria em 21 de março de 1843. Não. Eu elaborei meu próprio sistema, lady Slane, e posso lhe assegurar que, embora angustiante, é irrefutável. A grande aniquilação está próxima.

O sr. Bucktrout tomou impulso; caminhou até a parede na ponta dos pés, onde, cuidadosamente, escreveu PΩMH com um pedaço de giz. Um pintor veio atrás dele e o apagou com o mesmo cuidado com seu pincel.

— *Mais en attendant, miladi* — disse Genoux —, *mes draps*?[3]

Lady Slane nunca tivera tanto prazer na companhia de outras pessoas. Nunca fora tão feliz quanto com seus dois velhos cavalheiros. Ela desempenhara seu papel entre pessoas brilhantes, pessoas importantes, acomodara-se à conversa delas e, durante os anos de associação com assuntos mundanos, aprendera a juntar os pedaços dispersos de informação que, para ela, eram tão difíceis de reunir ou mesmo de lembrar; assim, sempre se lembrava dos dias de sua infância, quando pareciam existir grandes lacunas em seu conhecimento, e quando não sabia o que as pessoas queriam dizer quando se referiam à Questão Irlandesa ou ao Movimento Feminino, ou ao Livre Comércio e Protecionismo, sendo estes, em particular, dois temas que nunca conseguia distinguir de forma intuitiva, apesar de já terem sido explicados a ela uma dúzia de vezes. Sempre se esforçara muito para disfarçar sua ignorância diante de Henry. No final, ela aprendera a se sair muito bem e se livrava de suas perplexidades políticas sem a menor suspeita de que sua esposa havia perdido a base de seu argumento há muito tempo. Estava secreta e amargamente envergonhada de sua insuficiência. Mas o que fazer sobre isso? Ela não conseguia, não, ela simplesmente não conseguia lembrar por que o sr. Asquith não gostava do sr. Lloyd George, ou quais eram exatamente os objetivos do Partido Trabalhista, aquele novo e alarmante partido. O máximo que ela podia fazer era esconder sua ignorância, enquanto vasculhava freneticamente seu cérebro por algum pedaço de informação associada que lhe permitisse dar uma resposta adequada. Durante os anos em que viveram em Paris, ela sofrera especialmente, pois a astúcia da conversa francesa (que ela tanto admirava) a fazia sentir-se constantemente enganada; e,

---

3 Enquanto isso, milady, meus lençóis?

embora pudesse ficar horas sentada, absorta, ouvindo as pirotecnias efusivas de epigramas e resumos, maravilhada com a habilidade dos outros em condensar em uma única frase um aspecto da vida que, para ela, por sua própria profundidade, exigia uma vida inteira de reflexão, seu prazer tranquilo era sempre arruinado pelo medo de que, em determinado momento, algum convidado, por uma polidez equivocada, se voltasse para ela, passando-lhe a bola que ela não conseguiria pegar, dizendo: "*Et Madame l'Ambassadrice, qu'en pense-t-elle?*" E, embora soubesse que interiormente havia entendido o que eles estavam dizendo muito melhor do que eles próprios haviam entendido – pois a conversa dos franceses sempre parecia girar em torno dos assuntos que mais lhe interessavam profundamente, e sobre os quais ela sentia que realmente sabia algo, se pudesse ter se expressado –, ela permaneceria ridiculamente inarticulada, dizendo algo evasivo ou algo que não tinha a menor intenção de dizer, consciente, enquanto isso, de que Henry, sentado ao lado, deveria estar sofrendo muito com a péssima atuação de sua esposa. No entanto, de forma privada, ele costumava dizer, embora raramente, que ela era a mulher mais inteligente que conhecia porque, por mais que muitas vezes fosse desarticulada, nunca fazia um comentário tolo.

Rezava constantemente para que essas agonias permanecessem guardadas com ela; nem Henry nem os convidados em sua mesa deveriam descobrir. Havia outras fraquezas aliadas das quais ela também se envergonhava, embora em um grau um pouco menor: sua incapacidade, por exemplo, de preencher um cheque corretamente, de colocar o mesmo valor em números e em palavras, de lembrar-se de cruzá-los, de lembrar-se de assinar seu nome; sua incapacidade de entender o que era uma debênture, ou a diferença entre ações ordinárias e diferidas; e quanto àquela incrível coleção de touros, ursos, veados e contangos, ela poderia muito bem encontrar-se em um circo de animais selvagens. Supunha, com dever e responsabilidade, que essas coisas eram de grande importância, já que eram claramente elas que mantinham o mundo em movimento; supunha que a política partidária e a guerra e a indústria e uma alta taxa de natalidade (que ela aprendera a chamar de mão de obra) e a concorrência e a diplomacia secreta e a suspeita, eram tudo parte de um jogo necessário, uma vez que as pessoas mais inteligentes que ela conhecia faziam desses assuntos prioridade, embora para ela, como jogo, fosse ininteligível; acreditava que deveria ser assim, embora a sensação que mais frequentemente a dominava fosse a de observar figuras movendo-se, como em um sonho terrível e ridículo. Todo o sistema trágico parecia basear-se em uma convenção extraordinária, tão incompreensível quanto a teoria do dinheiro, que (assim lhe disseram) não tinha relação com o suprimento real de ouro. Foi o acaso que fez os homens transformarem o ouro em seu símbolo, em vez das pedras; foi o acaso que fez os homens transformarem a contenda em seu princípio, em vez da amizade. Que o planeta poderia ter se saído melhor com pedras e amizade – uma solução simples – aparentemente nunca ocorreu a seus habitantes.

Seus próprios filhos, por mais que ela tivesse tentado, haviam crescido nas mesmas tradições. Naturalmente. Lá estavam eles, tentando e se esforçando, não contentes apenas em *serem*. Herbert, tão sentencioso sempre, tão ambicioso em seu jeito estúpido; Carrie com seus comitês e sua voz gerencial áspera, interferindo com pessoas que não queriam nenhuma interferência, tudo pelo prazer de interferir, sua mãe tinha certeza; Charles com suas queixas perpétuas; William e Lavinia, sempre economizando, guardando e cortando, uma ocupação em si. Não havia verdadeira gentileza, nenhuma graça, nenhuma particularidade em nenhum deles. Somente por Edith e Kay, ela conseguia sentir alguma simpatia: Edith, sempre confusa, tentando endireitar as coisas e apenas embaraçando-as mais ainda, buscando recuar e dar uma olhada na vida, em todo o seu conjunto, uma impossibilidade aceita pela maioria das pessoas, mas que realmente incomodava Edith e a deixava infeliz (ainda assim, o desconforto lhe dava crédito); Kay – bem, de todos os seus filhos, talvez Kay, brincando com suas bússolas e astrolábios, fosse o que menos se esforçava e, ainda assim, se esforçava; o que tinha, sem saber, o mais forte senso de sua própria identidade, quando fechava a porta atrás de si e pegava seu espanador para limpar todos os objetos alinhados nas prateleiras. Sim, Kay e Edith eram os mais próximos a ela. Esse seria um dos segredos, uma das piadas, que levaria consigo para o túmulo.

De resto, ela tinha sido uma mulher solitária, sempre em desacordo com os credos aos quais aparentemente aderia. Eventualmente, tivera encontros deliciosos com espíritos sintonizados com o dela. Havia o jovem que os acompanhara à cidade de Fatihpur Sikhri, na Índia; um jovem de cujo nome ela se esquecera, ou talvez nunca houvesse conhecido; mas em cujos olhos ela havia mergulhado por um momento, e então, perturbada, dispensara com seu próprio gesto para sair e se juntar ao vice-rei e o grupo de oficiais com chapéus de safari. Tais encontros tinham sido raros e, graças às circunstâncias de sua vida, breves. (Ela mantivera, no entanto, uma convicção de que muitos espíritos eram fundamentalmente sintonizados, mas tão densamente sobrepostos pelas fórmulas do mundo que a nota clara necessária não podia mais ser tocada). Com o sr. Bucktrout e o sr. Gosheron, ela se viu completamente à vontade. Podia dizer ao sr. Bucktrout, sem constrangimento, que ela era incapaz de distinguir a diferença entre taxas de impostos, podia dizer ao sr. Gosheron que era incapaz de distinguir entre um volt e um ampère. Nenhum deles tentava explicar. Desistiam imediatamente e simplesmente diziam: deixe comigo. Ela deixava, e sabia que sua confiança não seria traída.

Estranho, o alívio e a libertação que essa companhia lhe trouxe! Seria devido ao cansaço da velhice, ou ao tão esperado retorno à infância, quando todas as decisões e responsabilidades poderiam novamente ser deixadas nas mãos de outros, e se poderia ser livre para sonhar em um mundo em que se confiava na presença do sol e da benevolência? E ela pensou: se eu fosse jovem mais uma vez, defenderia tudo o que fosse calmo e contemplativo, oposto ao ativo, ao intrigante, ao esforçado, ao falso – sim! o falso, exclamou, batendo o punho na palma da outra mão com energia incomum; e então, tentando se corrigir, perguntou-se se isso não seria meramente um credo negativo, uma negação da vida; talvez até mesmo uma confissão de vitalidade insuficiente; e chegou à conclusão de que não era assim, pois na contemplação (e também na busca da única vocação escolhida, à qual tivera que renunciar), ela poderia alcançar uma vida mais feliz de forma mais verdadeira do que seus filhos, que calculavam as coisas por seus resultados e atividades.

Ela se lembrou de como, ao cruzar o deserto persa com Henry, sua carroça fora escoltada por nuvens de borboletas, brancas e amarelas, que dançavam de ambos os lados, por cima e ao redor deles, ora voando para a frente, em um movimento coordenado, ora retornando para acompanhá-los, divertidas, por assim dizer, em conter sua rápida frivolidade a um breve giro ao redor daquele veículo pesado, mas ainda incapazes de adaptar seu ritmo a tal sobriedade, e então, para aliviar sua impaciência, subindo no ar ou mergulhando entre os próprios eixos, saindo do outro lado antes que os cavalos tivessem tempo de pousar outro casco; fazendo, o tempo todo, pequenas manchas de sombra na areia, como pequenas âncoras pretas lançadas, amarradas por cabos invisíveis à terra, mas arrastadas com a mesma rapidez caprichosa, obrigadas a seguir; e ela se lembrava de pensar, embalada pela progressão monótona que acompanhava o sol da aurora ao crepúsculo, como um arado que deveria persegui-lo em um sulco lento e reto ao redor do mundo – ela se lembrava de pensar que aquilo era algo como sua própria vida, seguindo Henry Holland como o sol, mas, de vez em quando, movendo-se em uma nuvem de borboletas que eram seus próprios pensamentos irreverentes e irrelevantes, disparando e dançando, mas jamais alterando o ritmo da progressão; nunca roçando a carruagem com suas asas; sempre tremulando e fugindo; às vezes, correndo na frente, mas retornando novamente para provocar e se exibir, disparando entre os eixos; tendo uma vida independente e adorável, um bando de meninos travessos deslizando acima da superfície do deserto e ao redor da estrondosa carroça; mas Henry, que estava viajando em uma jornada de exploração, só conseguia dizer: "Terrível, a oftalmia entre essas pessoas; realmente preciso fazer algo a respeito", e, sabendo que ele estava certo e que falaria com os missionários, ela desviara sua atenção das borboletas e a transferira para seu dever, determinando que quando chegassem a Yezd ou Shiraz, ou onde quer que fosse, ela também advertiria as esposas dos missionários sobre a oftalmia nas aldeias e tomaria providências para o envio de mais borácicos da Inglaterra.

Contudo, estranhamente, o bater de asas das borboletas sempre permaneceu mais importante.

Parte Dois

Seu coração permanecia em silêncio em meio ao ruído
E ao movimento da rua;
Não havia pressa em suas mãos,
Não havia pressa em seus pés.

Christina Rossetti

Sentada ali ao sol, em Hampstead, no fim do verão, sob a parede ao sul e os pêssegos maduros, sem fazer nada com as mãos, lady Slane se lembrou do dia em que ficara noiva de Henry. Ela tinha bastante tempo livre agora, dia após dia, para inspecionar sua vida como uma extensão de terra já percorrida, que finalmente se transformara em uma paisagem – em vez de campos separados, ou anos e dias separados; tornara-se uma unidade, permitindo-lhe contemplar a vista inteira, podendo escolher um campo em particular e perambular por ele novamente em espírito, embora o enxergasse o tempo todo como se fosse de uma altura, encaixado em seu devido lugar, com o contorno exato traçado pela cerca viva, e o campo vizinho ao qual uma abertura na cerca viva levaria. Então, pensou, poderia finalmente colocar círculos em torno de sua vida. Lentamente, atravessou aquele dia como alguém que atravessa um campo por um pequeno caminho entre as ervas, com as azedinhas e os ranúnculos balançando de ambos os lados; ela o atravessou mais uma vez, lentamente, do café da manhã até a hora de dormir, e cada hora, conforme um ponteiro do relógio passava sobre o outro, recuperava para ela seu caráter distinto: esta foi a hora, ela pensou, em que desci as escadas pela primeira vez naquele dia, balançando meu chapéu pelas fitas; e esta foi a hora em que ele me convenceu a ir ao jardim, sentou-se comigo no banco junto ao lago e me disse que não era verdade que, com um golpe da asa, um cisne pudesse quebrar a perna de um homem. Ela o ouvira, prestando atenção diligente ao cisne que havia realmente flutuado até eles pela margem, mergulhando o bico e então se curvando para cutucar com impaciência o tufo de penas brancas em seu peito; mas ela estava pensando menos no cisne do que nos jovens fios de barba no rosto de Henry, embora seus pensamentos tivessem se fundido, de modo que ela se perguntava se aqueles cachos castanhos seriam tão macios quanto as penas no peito do cisne, e quase estendera uma mão distraída para senti-los. Então ele se afastara do cisne, como se isso tivesse sido apenas um estratagema para encobrir sua hesitação, e a próxima coisa que ela percebera fora que ele estava falando seriamente, curvando-se para a frente e até mesmo tocando um babado de seu vestido, como se estivesse ansioso, ainda que inconsciente dessa ansiedade, para estabelecer algum tipo de contato entre eles; mas, para ela, todo contato verdadeiro se cortara no momento em que ele começara a falar tão seriamente, e ela não sentia mais nem sequer o leve puxão de desejo de estender a mão e tocar-lhe os fios encaracolados em seu rosto. Aquelas palavras que ele deveria proferir tão seriamente, para que seu tom pudesse carregar todo o peso; aquelas palavras que parecera produzir de algum lugar sério e secreto, trazendo-as do fundo do poço de sua personalidade; aquelas palavras que pertenciam à região das coisas pesadas e adultas – aquelas palavras o removeram dela mais rapidamente do que uma águia puxando-o para o céu em suas garras. Ele tinha ido. Ele a havia deixado. Mesmo enquanto ela o olhava atentamente e ouvia, sabia que ele já estava a quilômetros e quilômetros de distância. Ele havia passado para a esfera onde as pessoas se casam, geram e dão à luz filhos, criam-nos, dão ordens a serviçais, pagam imposto de renda, entendem sobre dividendos, falam misteriosamente na presença dos jovens, tomam decisões por si, comem aquilo de que gostam e vão para a cama na hora que lhes agrada. O sr. Holland estava pedindo que ela o acompanhasse para aquela esfera. Estava pedindo que ela fosse sua esposa.

Era claramente impossível, para sua mente, que ela deveria aceitar. A ideia era absurda. Não poderia seguir o sr. Holland para aquela esfera; poderia segui-lo, talvez, menos do que a qualquer outro homem, pois sabia que ele era excepcionalmente brilhante, e marcado para o mais remoto e impressionante dos mistérios, uma *carreira*. Ela tinha ouvido seu pai dizer que o jovem Holland seria vice-rei da Índia antes que tivessem ouvido falar dele pela última vez. Isso significava que ela deveria ser vice-rainha, e ao pensar nisso, ela se voltara para ele com o olhar de uma corça assustada. Interpretando instantaneamente aquele olhar de acordo com seus desejos, o sr. Holland a envolvera em seus braços e a beijara com ardor, mas comedimento, nos lábios.

O que uma pobre garota deveria fazer? Antes que soubesse bem o que estava acontecendo, lá estava sua mãe, sorrindo em meio às lágrimas, seu pai colocando a mão no ombro do sr. Holland, suas irmãs perguntando se todas elas poderiam ser damas de honra, e o próprio sr. Holland, em pé, muito ereto, muito orgulhoso, muito silencioso, sorrindo um pouco, curvando-se e olhando para ela com uma expressão que até mesmo sua inexperiência só poderia definir como possessiva. Num piscar de olhos, assim, ela havia se transformado da pessoa que era em alguém completamente diferente. Ou não? Não conseguia detectar nenhuma metamorfose em si mesma que combinasse com a repentina colheita de sorrisos em todos aqueles rostos. Certamente, sentia-se da mesma forma que antes. Uma sensação de terror a dominara ao perceber a novidade de que sua opinião estava sendo solicitada sobre algum assunto, e rapidamente devolvera a decisão às mãos de outros. Por esse método, sentira que poderia adiar o momento em que deveria definitiva e irrevogavelmente tornar-se aquela outra pessoa. Poderia continuar, por um tempo, secretamente, sendo ela mesma.

E o que, precisamente, tinha sido ela mesma, perguntou-se – uma velha senhora olhando para a menina que um dia fora? Esse questionamento era a mais suave, mais nostálgica das ocupações, ainda assim, não era nostalgia; era, antes, o último e supremo luxo; um luxo ao qual ela esperara a vida inteira para se entregar. Havia apenas tempo, nesse alívio antes da morte, para se entregar plenamente a si mesma. Ela não tinha, afinal, mais nada para fazer. Pela primeira vez em sua vida – não, pela primeira vez desde seu casamento –, ela não tinha mais nada para fazer. Podia recostar-se diante da morte e examinar a vida. Enquanto isso, o ar estava cheio do som das abelhas.

Ela se viu como uma jovem caminhando junto ao lago. Andava devagar, balançando seu chapéu; andava de forma meditativa, os olhos baixos, e, conforme andava, cutucava a ponta de sua sombrinha na terra esponjosa. Usava as musselinas de 1860, adornadas com babados e um ar feminino. Seu cabelo era cacheado, e um cacho escapava e caía suavemente sobre seu pescoço. Um cão spaniel encaracolado a acompanhava, fuçando nos arbustos. Tinham toda a aparência de uma menina e um cachorro em uma gravura de algum souvenir sentimental. Sim, aquela era ela, Deborah Lee, não Deborah Holland, não Deborah Slane; a velha senhora fechou os olhos para manter melhor a visão. A menina que caminhava próximo ao lago não estava ciente, mas a idosa contemplou toda sua adolescência, como quem pega uma pétala no momento em que ela se desdobra: orvalhada, oscilante, virginal, ansiosa, soprada por impulsos generosos, porém tímidos, tão tímidos quanto os de uma lebre, tão rápidos e confiantes quanto os de uma corça espiando entre os troncos das árvores, tão leve quanto uma dançarina esperando nos bastidores, tão suave e perfumada quanto uma flor de damasco, tão cheia de risos quanto uma fonte – sim, essa era a juventude, hesitante como alguém em um limiar desconhecido, mas pronta para enfrentar uma lança com o peito. A senhora olhou mais de perto, viu a carne tenra, as curvas frágeis, os olhos profundos e brilhantes, a boca inexperiente, as mãos sem anéis; e, amando a menina que tinha sido, tentou captar algo do tom de sua voz, mas a menina permaneceu em silêncio, caminhando como se estivesse atrás de uma parede de vidro. Ela estava sozinha. Aquela solidão meditativa parecia parte de sua própria essência. O que quer que possivelmente estivesse passando por sua cabeça, era certo que nem amor, nem romance, nem nenhuma das emoções geralmente atribuídas aos jovens, estavam nela. Se ela sonhou, não foi com o jovem Adão. E, novamente, pensou lady Slane, não se deveria fazer mal aos jovens circunscrevendo-os a um único conjunto de noções, pois a juventude é mais rica do que isso; a juventude está cheia de esperanças que se expandem, a juventude queimará o rio e fará todos os campanários do mundo soarem; não é apenas o amor que importa, mas também coisas como fama, realização e genialidade - que podem estar no coração de alguém, batendo no peito, quem sabe? Retiremo-nos rapidamente para uma torre e vejamos se o gênio dentro de nós não se declarará. Mas, minha nossa, pensou lady Slane, em mil oitocentos e sessenta não era uma boa ideia para uma menina pensar em fama.

Lady Slane encontrava-se na posição afortunada de ver o interior do coração da jovem que ela mesma fora. Podia marcar não apenas o passo demorado, a pausa, as sobrancelhas franzidas, o cutucão da sombrinha na terra, o reflexo quebrado tremendo nas águas do lago; podia também ler os pensamentos que acompanhavam essa caminhada solitária. Podia tornar-se parte de seu segredo e sua extravagância. Pois os pensamentos que passavam por trás desse exterior delicado e virginal eram de uma extravagância que faria jus até mesmo a um jovem impetuoso. Eram pensamentos sobre nada menos que escape e disfarce; um nome trocado, um sexo travestido e liberdade em alguma cidade estrangeira - esquemas equivalentes aos de um garoto prestes a fugir para o mar. Aqueles cachos cairiam sob o corte da tesoura - e aqui uma mão se esgueirou para cima, como se, profeticamente, fosse acariciar uma cabeça lisa e raspada; aquele fichu seria substituído por uma camisa - os dedos tatearam em busca do nó de uma gravata; aquelas saias seriam chutadas para longe para sempre - muito timidamente dessa vez, a mão caiu em direção à abertura de um bolso de calça. A imagem da menina desapareceu, e em seu lugar surgiu um garoto esbelto. Era um garoto, mas, essencialmente, era uma criatura assexuada, um mero símbolo e emanação da juventude, alguém que havia renunciado para sempre às delícias e direitos do sexo para servir ao que parecia, à sua imaginação desregrada, um objetivo mais nobre. Deborah, em suma, aos dezessete anos, havia decidido tornar-se pintora.

O sol, que aquecia seus velhos ossos e os pêssegos na parede, rastejou para o oeste atrás de uma casa, de modo que ela estremeceu ligeiramente e, levantando-se, arrastou a cadeira para a frente, para a grama ainda banhada pela luz. Ela seguiria aquela ambição passada desde seu nascimento duvidoso, pelos meses em que se estabilizou e cresceu e correu como sangue em suas veias, até os dias em que ela definhou e perdeu o ânimo, apesar de todos os seus esforços para mantê-la viva. Agora via aquilo como realmente era: a única coisa de valor que havia entrado em sua vida. Realidade, ela tivera em demasia, ou o que, para outras mulheres, passava por realidade – mas ela não podia entrar nessas realidades naquele momento, precisava apegar-se à realidade transcendente pelo máximo de tempo que conseguisse mantê-la; era tão firme, deixava-a tão feliz até mesmo lembrar como ela havia, uma vez, sustentado aquela ambição; pois ela não estava meramente contando a si mesma sobre aquilo agora, mas sentindo-o novamente, bem lá no fundo, em algum lugar profundo; tinha a natureza penetrante do amor enquanto o amor é forte, diferente do frio relato do amor na lembrança. Ela ardia novamente com o mesmo êxtase, a mesma exaltação. Quão bom tinha sido viver naquele estado de arrebatamento! Quão bom, quão difícil, quão absolutamente valioso! Uma freira em seu noviciado não era mais vigilante do que ela. Tensa como um fio rígido, ela estremecera àquele toque; estivera posicionada como um jovem deus na integridade da criação. Imagens se aglomeravam em sua mente, mas cada imagem deveria ser de uma natureza extravagantemente lírica. Nada mais se encaixaria. Um manto carmesim, uma espada de prata, não eram suntuosos o suficiente nem puros o suficiente para expressar os ardores daquele temperamento. Por Deus, ela exclamou, o sangue jovem correndo outra vez generosamente por suas veias, essa é uma vida que vale a pena ser vivida! A vida do artista, do criador, olhando de perto, sentindo amplamente; detalhe e horizonte incluídos no mesmo movimento do olhar. E ela se lembrou de como a sombra na parede era um deleite maior para ela do que a coisa em si, e como ela olhara para um céu tempestuoso, ou para uma tulipa ao sol, e, estreitando os olhos, forçara essas coisas a se relacionarem com tudo o que formava um padrão em sua mente.

Então, por meses, ela vivera intensamente, secretamente, construindo-se em preparação, embora nunca tivesse colocado o pincel na tela, apenas sonhado consigo mesma em um futuro distante. Conseguia medir a ociosidade da vida comum pela queda de seu ânimo, sempre que a chama queimava momentaneamente mais baixa. Aqueles vislumbres de futilidade a alarmavam além de toda razão. A chama se extinguira, pensava, aterrorizada, toda vez que esta reduzia; jamais se reacenderia; ela ficaria com frio e sem luz. Jamais aprenderia que aquilo retornaria, à medida que a grande espiral de ritmo se elevava mais uma vez e a luz se derramava sobre ela, quente como o sol que reaparece, incandescente como uma estrela, e com asas, ela se erguia novamente, equilibrando-se em seu voo. Era, assim, uma vida de extremos que ela vivia, ora arrebatada, ora afundada em desânimo. Mas, de tudo isso, nem um lampejo subiu à superfície.

Algum instinto, talvez, a advertisse a não contar seu segredo inadequado a ninguém, sabendo muito bem que seus pais, indulgentes, de fato, mas limitados, como era natural, receberiam sua declaração com um sorriso e um tapinha na cabeça, e um olhar trocado entre eles, dizendo o mais claramente possível: "Esta é nossa linda ave! E o primeiro jovem simpático que aparecer logo colocará essas ideias por terra." Ou, talvez, fosse apenas a privacidade preciosa do artista que a mantinha em silêncio. Ela era tão dócil quanto podia ser. Fazia tarefas na casa para a mãe, separava as flores de lavanda e as espalhava em um grande pano, fazia saquinhos para que ficassem entre os lençóis, escrevia etiquetas para os potes de geleia, escovava o pug e pegava seu bordado em ponto cruz depois do jantar, sem precisar que lhe pedissem. Conhecidos invejavam seus pais por terem uma filha mais velha como ela. Havia muitos que já a viam como uma esposa para seus filhos. Dizia-se, porém, que um fio de ambição percorria a casa modesta e organizada, um único fio, pois os pais de Deborah, que chegaram à meia-idade com sua aljava cheia de filhos e filhas, preferiam sua tranquila domesticidade rural a qualquer vantagem mundana, mas, para Deborah, seus objetivos eram diferentes: Deborah deveria ser a esposa de um bom homem, certamente, mas se também fosse a esposa de um homem para cuja carreira ela pudesse servir como ajuda e ornamento, então, tanto melhor. Disso, naturalmente, nada fora dito a Deborah. Não seria bom virar a cabeça da criança.

Lady Slane levantou-se novamente e puxou a cadeira um pouco mais para a frente, procurando a luz do Sol, pois a sombra estava começando a se formar, causando-lhe frio.

Seu irmão mais velho estivera fora, ela se lembrava; ele tinha vinte e três anos; tinha saído de casa, como os homens jovens fazem, tinha saído para o mundo. Ela se perguntava às vezes o que aqueles homens jovens faziam no mundo; imaginava-os rindo e se agitando; indo aqui e ali, livremente; caminhando com passos largos para casa pelas ruas vazias ao amanhecer, ou chamando um coche e partindo para Richmond. Eles conversavam com estranhos; entravam em lojas; frequentavam os teatros. Tinham um clube - vários clubes. Eram abordados por mulheres importunas nas sombras, e podiam tomar seus corpos por uma noite em um abraço irrefletido. O que quer que fizessem, faziam-no com um fino descuido, uma fina liberdade, e quando voltavam para casa, não precisavam dar conta de seus feitos; além disso, havia um ar de camaradagem entre os homens, baseado em sua liberdade comum, muito diferente da camaradagem entre as mulheres, que era sempre curiosa e pessoal e, de alguma forma, ligeiramente obscena. Mas se Deborah refletiu sobre a diferença entre sua sorte e a de seu irmão, ela não disse nada a respeito. À luz da amplitude das oportunidades e experiências dele, ela poderia, justificadamente, sentir-se um pouco restrita. Se, ao escolher estudar para o exame da Ordem dos Advogados, ele foi elogiado e aplaudido por sua escolha, por que ela, ao escolher ser pintora, deveria se esquivar tanto de anunciar sua decisão, a ponto de ser levada a planos secretos e desesperados de farsa e fuga? Certamente, havia uma discrepância em algum lugar. Entretanto, todos pareciam de acordo – tão de acordo que o assunto nem se discutia: havia apenas um tipo de ocupação disponível para as mulheres.

A solidez desse acordo ficou evidente para Deborah desde o momento em que o sr. Holland a conduziu até sua mãe, vindo do lago. Ela sempre fora a filha favorita, mas nunca os raios de aprovação a haviam atingido tão calorosamente. Foi remetida à lembrança daquelas pinturas italianas, que mostravam o céu aberto e o Pai Eterno irradiando entre raios dourados como as hastes de um leque, fazendo com que os dedos se estendessem para aquecê-los ao brilho de sua bondade, como se fossem as barras de uma lareira. Agora, com Deborah e seus pais, sem mencionar o resto do seu mundo, ela foi levada a sentir que, ao ficar noiva do sr. Holland, havia realizado um ato de virtude extrema, embora alegre, de fato fizera o que sempre fora esperado dela; havia se realizado, além de dar enorme satisfação a outras pessoas. Ela se viu de repente cercada por uma série de suposições. Presumia-se que ela tremia de alegria em sua presença, definhava em sua ausência, existia apenas (mas humildemente) para promover as ambições dele, e o considerava o homem vivo mais notável, assim como ela própria era a mais favorecida das mulheres, uma crença na qual todos estavam gentilmente dispostos a concordar com ela. A unanimidade dessas suposições era tamanha que quase foi persuadida a acreditar que eram verdadeiras.

Tudo isso correu muito bem, e por alguns dias, ela se permitiu uma pequena brincadeira de faz de conta, imaginando que seria capaz de se desvencilhar sem muita dificuldade, pois tinha apenas dezoito anos, e é agradável ser elogiada, especialmente por aqueles por quem se tem uma admiração afetuosa; mas logo percebeu que inúmeros filamentos, como os de uma aranha, estavam se prendendo em seus pulsos e tornozelos, e que cada um deles corria até a outra ponta no coração de alguém. Ali estava o coração de seu pai, e o do sr. Holland – a quem ela aprendera a chamar, embora não com muita naturalidade, de Henry –, e quanto ao coração de sua mãe, este poderia ter sido um terminal ferroviário, com tantos fios brilhantes subindo e desaparecendo de vista - fios de orgulho e amor e alívio e inquietação materna e uma acolhida feminina ao alvoroço. Deborah ficou ali, amarrada e perplexa, perguntando-se o que deveria fazer em seguida. Enquanto isso, enquanto ela estava ali, de pé, sentindo-se tão tola quanto uma rainha da primavera com as flâmulas enrolando-se ao seu redor, avistou no horizonte pessoas chegando com presentes, todas convergindo para ela, como vassalos prestando tributos: Henry com um anel - e colocá-lo em seu dedo foi uma cerimônia real –; suas irmãs com uma nécessaire de toilette que elas tinham se reunido para comprar; e então sua mãe, com linho suficiente para equipar um grande navio à vela: toalhas de mesa, guardanapos de jantar, toalhas (de mão e de banho), panos de prato, panos de cozinha, panos de despensa, espanadores e, claro, lençóis, que, quando expostos, mostraram ser de casal, e todos bordados com um monograma, não decifrável à primeira vista, mas que, após uma inspeção mais atenta, Deborah conseguiu identificar como sendo as letras D.H.; depois disso, ela se perdeu. Ela se perdeu na espuma e nas ondas de sedas, cetins, popelines e alpacas, enquanto mulheres se ajoelhavam e rastejavam ao redor dela com suas bocas cheias de alfinetes, e ela mesma era obrigada a ficar de pé, e a se virar, e a dobrar o braço, e a endireitá-lo novamente, e era instruída a sair com cuidado, enquanto a saia fazia um anel no chão, e era informada de que deveria suportar ter o espartilho puxado para ficar algo mais apertado, pois o forro havia sido cortado um pouco pequeno demais. Parecia-lhe então que estava sempre cansada, e que as pessoas demonstravam seu amor por ela deixando-a mais cansada do que já estava, acumulando suas obrigações e dançando em volta dela até não conseguir saber se ficava parada ou girava como um pião; e o tempo também parecia ter entrado na conspiração, encurtando maliciosamente os dias, de modo que eles a apressavam e se tornavam nada mais do que uma nevasca de notas, papel de seda e rosas brancas que chegavam todos os dias da floricultura, a pedido de Henry.

No entanto, o tempo todo, como uma corrente oculta, as mulheres mais velhas pareciam ter uma espécie de segredo entre si, uma razão para sorrisos e olhares sábios, um segredo pelo qual algo da força de Deborah deveria ser salvo dessa doce turbulência e armazenado para alguma demanda maior que seria colocada sobre ela.

De fato, essas semanas antes do casamento foram dedicadas inteiramente aos ritos de um feminismo misterioso. Nunca, pensou Deborah, ela estivera cercada por tantas mulheres. O matriarcado reinava. Os homens poderiam ter desaparecido na insignificância neste planeta. Até o próprio Henry não contava muito. (No entanto, ele estava lá, terrivelmente lá, ao fundo; e era assim, pensou ela, que uma mãe de Tebas poderia ter cansado sua filha antes de mandá-la para o Minotauro). Mulheres apareciam de todos os lados: tias, primas, amigas, costureiras, espartilheiras, chapeleiras e até uma jovem empregada francesa, que Deborah teria para si, e que olhava sua nova senhoria com olhos maravilhados, como alguém sobre quem os deuses haviam posto seu selo. Nesses ritos, esperava-se que Deborah – outra suposição – desempenhasse um papel muito complicado. Esperava-se que ela soubesse do que se tratava, e, ainda assim, o cerne do mistério deveria permanecer oculto para ela. Ela deveria receber felicitações sorridentes, mas também deveria ser tratada como "Minha pequena Deborah!", uma exclamação na qual suspeitava que o adjetivo "pobre" estivesse faltando apenas por acaso, e apertada em longos abraços, quase de despedida em sua benevolência. Oh, que alvoroço, pensou ela, as mulheres fazem em relação ao casamento! E, ainda assim, quem pode culpá-las, acrescentou, quando lembramos que o casamento – e suas consequências – é a única coisa sobre a qual as mulheres têm razão para fazer tanto alvoroço em toda a sua vida? Embora a excitação seja vicária, ela servirá igualmente bem. Não é para essa função que elas foram formadas, vestidas, enfeitadas, educadas – se é que um assunto tão unilateral pode ser chamado de educação –, salvaguardadas, mantidas no escuro, insinuadas, segregadas, reprimidas, tudo para que, em um dado momento, elas possam ser entregues, ou possam entregar suas filhas, para Servir a um Homem?

Mas como diabos ela iria servir a ele, Deborah não sabia. Sabia apenas que permanecia completamente alheia a todo esse rebuliço sobre a maravilhosa oportunidade que se abria diante dela. Supôs que não estava apaixonada por Henry, mas, mesmo que estivesse apaixonada por ele, não conseguia ver razão alguma para renunciar a toda a sua existência separada. Henry estava apaixonado por ela, mas ninguém sugeriu que ele renunciasse à sua própria existência. Pelo contrário, parecia que, ao adquirir a mulher, ele estava apenas adicionando algo a mais. Continuaria a almoçar com os amigos, viajaria até seu distrito eleitoral e passaria as noites na Câmara dos Comuns; continuaria a aproveitar sua vida livre, variada e masculina, sem anel no dedo ou diferença no nome para indicar a mudança em sua condição; mas sempre que ele se sentisse inclinado a voltar para casa, ela deveria estar lá, pronta para largar seu livro, seu jornal ou suas cartas; ela deveria estar preparada para ouvir o que ele tivesse a dizer; deveria receber seus conhecidos políticos; e mesmo que ele a chamasse para o outro lado do mundo, ela deveria segui-lo. Bem, pensou, isso lembrava Rute e Boaz e era muito agradável para Henry. Sem dúvida, ele faria sua parte por ela, como ele a entendia. Sentando-se ao seu lado, enquanto sua agulha entrava e saía do bordado, ele olhava com carinho para sua cabeça inclinada e dizia que tinha sorte de ter uma esposa tão bonita à espera dele. Apesar de toda a sua grandeza como Ministro do Gabinete, dizia isso como qualquer marido de classe média ou trabalhador. E ela deveria levantar o olhar, grata. Apesar de toda a sua grandeza e do seu prestígio como governador ou vice-rei, ele desconsideraria as bajulações de mulheres ambiciosas pelo sucesso de seus maridos, que excedessem as galanterias necessárias ao convívio social, e seria fiel a ela, para que a serpente verde do ciúme nunca cruzasse seu caminho. Ele avançaria em honras, e com um orgulho genuíno, veria uma coroa aparecer na cabeça da pequena sombra que o havia duplicado por tantos anos. Mas onde, em tal programa, haveria espaço para um estúdio?

Não seria apropriado se Henry voltasse uma noite e fosse recebido por uma porta trancada. Não seria apropriado se Henry, sem tinta ou papel mata-borrão, saísse irritado apenas para ouvir que a sra. Holland estava envolvida em um trabalho com um modelo. Não seria apropriado, se Henry fosse nomeado governador de alguma colônia distante, dizer-lhe que o mestre de desenho, infelizmente, vivia em Londres. Não seria apropriado, se Henry quisesse outro filho, dizer-lhe que ela acabara de iniciar um programa especial de estudos. Não seria apropriado, em tal mundo de suposições, assumir que ela tinha direitos iguais aos de Henry. Não era para tais privilégios que o casamento fora instituído.

Mas para certos privilégios o casamento havia sido instituído, e indo para seu quarto, Deborah pegou o livro de orações e o abriu em Serviço do Matrimônio: foi instituído para procriar filhos - bem, ela sabia disso; uma de suas amigas lhe dissera, antes que ela tivesse tempo de tapar os ouvidos. Foi instituído para que as mulheres possam ser amorosas e amáveis, fiéis e obedientes a seus maridos, matronas santas e piedosas em toda quietude, sobriedade e paz. Tudo isso era, sem dúvida, até certo ponto, linguagem parlamentar. Porém ainda havia certa relação com os fatos. E, ainda assim, ela perguntou, onde, nesse sistema, haveria espaço para um estúdio?

Henry, sempre charmoso e cortês, e agora muito apaixonado, sorriu com a maior indulgência quando ela finalmente decidiu perguntar-lhe se ele se oporia a que ela pintasse depois do casamento. Opor-se! Claro que não se oporia. Considerava-a uma realização elegante, perfeitamente condizente com uma mulher. "Confesso que", disse, "de todas as realizações femininas, o piano é a minha favorita, mas já que seu talento está em outra direção, minha querida, faremos o melhor possível." E ele continuou dizendo o quão agradável seria para ambos se ela mantivesse um registro de suas viagens, e mencionou algo sobre esboços em aquarela em um álbum, que eles poderiam mostrar aos amigos em casa. Mas quando Deborah disse que não era bem isso o que tinha em mente - ela pensara em algo mais sério, comentou, embora seu coração estivesse na boca enquanto pronunciava aquilo -, ele sorriu novamente, de modo mais afetuoso e indulgente do que nunca, e falou que haveria muito tempo para resolverem isso, mas, de sua parte, ele imaginava que depois do casamento ela encontraria muitas outras ocupações para ajudá-la a passar os dias.

Então, ela se sentiu, de fato, presa e selvagem. Sabia muito bem o que ele queria dizer. Odiava-o por seu desprendimento jupiteriano e sua superioridade, por suas suposições afetuosas, mas, ainda assim, presunçosas, por sua gentileza fácil e, acima de tudo, pela impossibilidade de culpá-lo. Ele não era o culpado. Apenas havia tomado como certas as coisas que tinha o direito de tomar como certas, unindo-se com uma mulher e entrando na conspiração geral para privá-la da vida que ela escolhera.

Ela era muito infantil, muito hesitante, muito incerta, muito inconsciente. Mas, pelo menos, reconheceu que a conversa havia sido importante. Ela tinha sua resposta. Nunca mais tocou no assunto.

No entanto, ela não era feminista. Era uma mulher sábia demais para se entregar a tais luxos como um martírio imaginado. A fenda entre ela e a vida não era a fenda entre homem e mulher, mas a fenda entre trabalhador e sonhador. Que ela fosse uma mulher, e Henry um homem, era realmente uma questão de sorte. Ela não iria além de reconhecer que o fato de ser mulher tornava a situação um pouco mais difícil.

Lady Slane arrastou a cadeira, dessa vez até a metade do pequeno jardim. Genoux a viu pela janela e saiu com uma coberta, "*pour m'assurer que miladi ne prendra pas froid. Que dirait ce pauvre milord, s'il pensait que miladi prenait froid? Lui, qui toujours avait tant de soin de miladi!*"[1]

---

[1] Para garantir que milady não pegue um resfriado. O que o pobre milorde diria se pensasse que milady estava resfriada? Ele, que sempre cuidou tão bem de milady!

Sim, ela se casara com Henry, e Henry sempre fora extremamente solícito para que ela não pegasse um resfriado. Ele tomara o maior cuidado possível com ela; poderia afirmar que sempre levara uma vida protegida. (Mas era isso que ela havia desejado?). Fosse na Inglaterra, na África, na Austrália ou na Índia, Henry sempre cuidara para que ela tivesse o mínimo de problemas possível. Talvez essa fosse sua maneira de compensá-la pela independência à qual ela havia renunciado por ele. Talvez Henry – um pensamento estranho! – tivesse percebido mais do que sua conveniência jamais lhe permitiria admitir. Talvez ele, consciente ou inconscientemente, tivesse tentado sufocar os anseios dela sob um monte de tapetes e almofadas, como se colocasse um coração partido para dormir em um colchão de penas. Ela sempre fora cercada por criados, secretárias e ajudantes de ordens, cumprindo a função daqueles pequenos protetores que impedem que um navio colida com muita força contra o cais. Geralmente, de fato, eles excediam seus deveres, por pura devoção a lady Slane, por um desejo puro de protegê-la e poupá-la, ela, que era tão gentil, tão corajosa, tão discreta e tão feminina. Sua fragilidade despertava o cavalheirismo dos homens, sua modéstia impedia o antagonismo das mulheres, seu espírito despertava o respeito de ambos. E quanto ao próprio Henry, embora gostasse de flertar com mulheres bonitas e bajuladoras, curvando-se sobre elas de uma forma que frequentemente causava uma pontada em lady Slane, ele nunca havia considerado que outra mulher no mundo fosse digna de comparação.

Envolvida na manta que, de certa forma, Henry havia colocado sobre seus joelhos, ela se perguntava agora o quão próxima, na realidade, fora a comunhão entre eles. A frieza com que ela agora era capaz de estimar o relacionamento de ambos a assustava um pouco, mas a transportava, de uma forma curiosa, para os dias em que havia planejado enganar seus pais e se consagrar a uma existência que, embora convencionalmente repreensível, deveria, essencialmente, ser dedicada à mais severa e difícil integridade. *Naquela época*, ela estivera cara a cara com a vida, e isso lhe parecera uma razão para a necessidade de um pensamento mais claro; *agora*, ela estava cara a cara com a morte, e isso novamente lhe parecia uma razão para a mais verdadeira avaliação possível de valores, sem evasões. Somente o período intermediário havia sido confuso.

Confuso. Outras pessoas não o achariam confuso. Outros apontariam para o casamento deles como um casamento perfeito; para ela e Henry, separadamente, como a esposa e o marido perfeitos. Diriam que nenhum dos dois jamais havia "olhado" para outra pessoa. Eles os invejariam, como parceiros em uma carreira honrosa e fundadores de uma dinastia satisfatória e promissora. Agora eles se compadeceriam dela por ter ficado sozinha, mas refletiriam que, afinal, uma velha senhora de oitenta e oito anos, que tivera sua vida, não era tão digna de pena, e poderia passar seus anos restantes esperando ansiosamente pelo dia em que seu marido - jovem outra vez, coroado de flores e vestido com uma túnica - estaria de pé, esperando para recebê-la no Outro Lado. Diriam que ela fora feliz.

Mas o que era felicidade? Ela fora feliz? Eis uma palavra curiosa, tranquila em sua sonoridade, algo com um significado claro e definitivo; uma palavra curiosa, com suas duas vogais *e* e *i*, e seu *z* atrevido no final, expressando em duas sílabas um resumo completo da vida. Feliz. No entanto, uma pessoa estava feliz em um momento, infeliz dois minutos depois, e em nenhum desses estados por qualquer bom motivo; então, o que isso significava? Significava, se é que significava alguma coisa, que algum desejo inquieto queria que o preto fosse preto, e o branco, branco; significava que, na selva dos terrores da vida, as pequenas criaturas rastejantes buscavam segurança em uma fórmula. Certamente, houve ocasiões das quais se poderia dizer: *naquele instante*, eu estava feliz; e com maior certeza: *naquele instante*, eu estava infeliz - quando o pequeno Robert jazia em seu caixão, por exemplo, coberto de pétalas de rosas, enquanto sua enfermeira síria soluçava -, mas, entre essas ocasiões, havia vastas regiões que eram apenas existência. Absurdo perguntar sobre elas, ela estava feliz ou infeliz? Parecia meramente como se alguém estivesse fazendo uma pergunta sobre alguém que não era ela mesma, vestindo a pergunta em uma palavra que não tinha relação com o jogo mutável, elusivo e iridescente da vida; tentando fazer algo impossível, de fato, como comprimir as águas de um lago em uma bola apertada e dura. A vida era aquele lago, pensou lady Slane, sentada sob a aquecida parede ao sul, em meio ao cheiro dos pêssegos; um lago oferecendo sua superfície uniforme a muitos reflexos, dourado pelo sol, prateado pela lua, escurecido por uma nuvem, marcado por uma ondulação; mas sempre nivelado, um plano, mantendo seus limites, não para ser enrolado em uma bola apertada e dura, pequena o suficiente para ser segurada na mão, que era o que as pessoas tentavam fazer quando perguntavam se a vida de alguém tinha sido feliz ou infeliz.

Não, aquela não era a pergunta a ser feita a ela - não era a pergunta a ser feita a ninguém. As coisas não eram tão simples assim. Se tivessem lhe perguntado se ela amara o marido, poderia ter respondido sem hesitação: sim, ela o amara. Não houve momentos em que pudesse diferenciar e dizer: *naquele instante*, em tal ocasião, eu o amei; e *naquele instante,* em tal outra, eu não o amei. A pressão era constante. Seu amor por ele fora uma linha preta reta traçada ao longo de sua vida. Isso a havia machucado, danificado, diminuído, mas ela não conseguira se afastar. Todas as partes dela que não pertenciam a Henry Holland haviam resistido, mas esse único gigante do amor as puxara, como ao time mais fraco em um cabo de guerra. Suas ambições, sua existência secreta, tudo tinha cedido. Ela o amara tanto que até mesmo seu ressentimento fora subjugado. Ela não podia ressentir-se dele nem mesmo pelo sacrifício que ele lhe havia imposto. No entanto, não era uma daquelas mulheres cuja alegria no sacrifício é tal que o sacrifício deixa de ser um sacrifício. Suas próprias visões juvenis tinham sido incompatíveis com tal amor, e ao desistir delas, sabia que desistia de algo de valor incomparável. Era isso o que havia feito por Henry Holland, mas Henry Holland jamais soubera.

Por fim, ela podia vê-lo, e a si mesma, em retrospectiva; mais precioso do que isso, podia suportar examiná-lo sem deslealdade. Ela podia suportar abandonar a lealdade frenética do passado. Não que a angústia de seu amor tivesse desaparecido de sua memória. Ainda conseguia se lembrar dos dias em que orava supersticiosamente pela segurança e felicidade de Henry Holland, a um Deus em quem nunca havia acreditado totalmente. Infantis e ardentes, as palavras de sua oração haviam crescido, ajustando-se à sua necessidade. "Ó Senhor", ela orava todas as noites, "cuide do meu amado Henry, faça-o feliz, mantenha-o seguro, ó Senhor, de todos os perigos, seja de doença ou acidente, preserve-o para mim, que o amo mais do que a qualquer coisa no céu ou na terra." Assim ela havia rezado; e enquanto rezava, todas as noites, as palavras renovavam-se em intensidade; sempre que sussurrava "a salvo de todos os perigos, seja de doença ou acidente", ela via Henry derrubado por uma carroça, Henry contraindo pneumonia, como se qualquer um dos desastres estivesse realmente presente; e quando sussurrava "eu, que o amo mais do que a qualquer coisa no céu ou na terra", ela havia passado pela ansiedade noturna de se perguntar se a inclusão do céu não era blasfêmia e se não poderia ofender um Deus ciumento, pois certamente beirava a blasfêmia ostentar Henry como mais querido para ela do que qualquer coisa na terra ou no céu – o que envolvia o próprio Deus, o próprio Deus que ela buscava apaziguar –, uma blasfêmia que poderia ferir mais profundamente do que seu apelo pretendido. No entanto, ela persistia em sua oração, pois estava estritamente alinhada à verdade. Henry era mais querido, muito mais querido, para ela do que qualquer outra coisa no céu ou na terra. Ele a envolvera a ponto de valorizar mais a ele do que à sua própria ambição. Não podia dizer o contrário a um Deus que (caso Ele existisse) certamente conheceria seu coração, quer sussurrasse isso em oração ou não. Portanto, ela poderia muito bem se dar ao luxo noturno de sussurrar a verdade, que, esperava, fosse ouvida por Deus; e, esperava, não fosse ouvida por Henry Holland. Era um conforto para ela. Depois da oração, poderia dormir, tendo garantido a segurança de Henry por pelo menos vinte e quatro horas, o limite que ela estabelecera para a eficácia de sua oração. E Henry

Holland, ela se lembrava, tinha sido um tesouro difícil e perigoso de preservar, mesmo com o apoio da intercessão secreta. Sua carreira tinha sido tão ativa, tão separada da vida protegida de suas petições! Ela, que teria escolhido para ele a existência metódica de um cultivador de bulbos holandês, de um *mynheer*, cuja maior preocupação fosse a fertilização de uma nova tulipa, enquanto as pombas em uma gaiola de vime arrulhavam e abriam asas ao sol, sempre o vira em uma vida processional, ameaçado por bombas, montado em um elefante por cidades indianas, afastado dela por cerimônias ou negócios; e quando o perigo físico era temporariamente suspenso em alguma capital segura, Londres, Paris ou Washington - quando ele, grande servo do Estado, encontrava trabalho em casa ou viajava para o exterior em alguma missão pacífica -, então outras exigências eram feitas à sua vigilância: ela deveria ser rápida para detectar sua necessidade de segurança quando um desânimo momentâneo o dominasse; quando, sonhador, ele se aproximava dela e se deixava cair sobre sua cadeira, sem dizer nada, mas esperando (como ela sabia) que alguma proteção suave viesse e se envolvesse ao redor dele como um manto, mas tudo isso deveria ser feito sem uma palavra falada diretamente; ela deveria restaurar sua crença de que a obstrução do governo ou a oposição de seus rivais deviam-se à miopia ou inveja dos demais, e não a nenhuma deficiência dentro dele, mas não deveria permitir que ele soubesse que ela adivinhara seu humor de desconfiança de si mesmo ou todo o tecido de seu conforto seria desfeito. E quando ela realizasse esse feito, essa reconstrução de extrema delicadeza e extrema solidez - quando ele a deixasse para retornar, fortalecido, aos seus negócios -, então, com as mãos caídas, símbolo de sua exaustão, e um doce vazio dentro de si, como se seu eu tivesse se esvaído para fluir nas veias de outra pessoa - então, afundando, afogando-se, ela se perguntaria se não havia secretamente tocado as alturas do êxtase.

No entanto, mesmo isso, a declaração de seu amor e a lembrança de suas demandas mais sutis, não conseguiu satisfazê-la em sua vasta simplificação. A declaração de que ela havia amado, embora indiscutível, ainda admitia infinita complexidade. Quem era ela, o "eu", que havia amado? E Henry, quem e o que era ele? Seria uma presença física, ameaçada pelo tempo e pela morte, e, portanto, mais querido por essa ameaça factual? Ou sua presença física era meramente a projeção palpável, o símbolo de algo que poderia ser justamente chamado de ele mesmo? Escondido sob o símbolo de sua corporeidade, tanto nele quanto nela, sem dúvida, espreitava algo que era deles mesmos. Porém esse eu era difícil de alcançar; obscurecido pelas armadilhas muito familiares de voz, nome, aparência, ocupação, circunstância, até mesmo a percepção fugaz do eu se tornava embotada ou confusa. E havia muitos eus. Ela nunca poderia ser o mesmo eu com ele como quando estava sozinha; e até mesmo aquele eu solitário que ela perseguia alterava-se, transformava-se, derretia-se à medida que se aproximava dele; ela nunca poderia levá-lo para um canto escuro, e ali, como um ladrão na noite, segurá-lo pela garganta contra a parede, o núcleo duro do eu perseguido até um beco sem saída de refúgio. As próprias palavras que vestiam seus pensamentos não passavam de outra falsificação; nenhuma palavra poderia ficar sozinha, como uma coluna de pedra ou o tronco de uma árvore, mas deveria se revoltar instantaneamente em um emaranhado múltiplo de associações; parecia que o fato era tão evasivo e tão exuberante quanto o eu. Somente em um transe sem palavras qualquer apreensão verdadeira se tornava possível, um transe sem palavras de puro sentimento, um estado extrafísico, no qual nada além do formigamento das pontas dos dedos lembrava a existência do corpo, e uma série de imagens flutuava pela mente, sem nome, sem relação com a linguagem. Esse estado, ela supunha, era o estado no qual mais se aproximava do seu eu oculto, mas era um estado que não tinha nada a ver com Henry. Seria essa a razão pela qual ela acolhera, como algo quase equivalente, o amor que, por sua própria dor, lhe dava a ilusão de contato?

Ela era, afinal, uma mulher. Frustrada como artista, seria possível encontrar realização de outras maneiras? Haveria, afinal, algum fundamento para a crença predominante de que a mulher deveria servir ao homem? Estariam as gerações certas, a luta pessoal equivocada? Haveria algo de belo, algo de ativo, algo de criativo até, em sua aparente submissão a Henry? Não poderia ela encontrar equilíbrio na corda bamba de sua relação com ele, tão perigosa e precária quanto o ato de criar uma pintura? Não seria possível ver os tons e meios-tons de sua vida com ele como poderia ter visto as sombras azuis e violetas de uma paisagem; e assim relacioná-las e ordenar seus valores, forçando-os assim à beleza? Não seria essa também uma conquista do tipo que parece peculiarmente adequada às mulheres? Do tipo que, de fato, somente as mulheres poderiam alcançar; um privilégio, uma prerrogativa a não ser desprezada? Toda a mulher nela respondeu, sim! Toda a artista nela rebateu, não!

E então, novamente, não estariam as mulheres em seu novo espírito protestante privando o mundo de algum pobre resquício de encantamento, alguma ilusão, tola talvez, mas adorável? Desta vez, a mulher e a artista nela responderam igualmente, sim.

Ela se lembrou de um jovem casal que conhecera – o homem era secretário na embaixada em Paris; eles eram muito jovens – recebendo as visitas, como a da sua embaixatriz, com a devida reverência. Sabia que eles a amavam, mas, ao mesmo tempo, sempre sentia que as visitas eram uma intromissão. Percebia que estavam tão apaixonados que, certamente, se ressentiam de qualquer meia hora arrancada do tempo que lhes fora dado juntos. E ela, por sua vez, contava suas visitas a eles como uma agonia; ainda assim, sentia-se atraída pelo casal, em parte por afeição, em parte por um desejo de se martirizar pela visão de sua união. "Homem e mulher Ele os criou", dizia a si mesma todas as vezes ao ir embora. Outras vezes, ao partir, sentia-se tão falsamente posicionada em relação a Henry que o fardo da vida se tornava pesado demais, e ela desejava morrer. Não era uma simples frase: ela realmente desejava isso. Era honesta demais para não sofrer sob o fardo de tal falsidade. Às vezes, ansiava por um relacionamento tão simples, tão natural e tão certo quanto o relacionamento entre aqueles dois jovens pouquíssimo interessantes, mas envolventes. Ela invejava Alec, em pé diante da lareira, tilintando as moedas no bolso e olhando para sua esposa, encolhida em um canto do sofá. Ela invejava Madge por sua aceitação inquestionável de tudo o que Alec dizia ou fazia. No entanto, no meio de sua inveja, algo a ofendia: aquela arrogância masculina intolerável, aquela submissão feminina abjeta.

Onde, então, estava a verdade? Henry, pela compulsão do amor, a roubara da vida que ela escolhera, mas lhe dera outra vida, uma vida ampla, uma vida em contato com um mundo maior, se isso lhe agradasse; ou uma vida, em vez disso, encurralada ao próprio quarto de bebê. Em vez de uma vida própria, ele a substituíra pela sua própria vida, com seus interesses, ou pelas vidas dos filhos, com suas potencialidades. Ele presumira que ela poderia se entregar a qualquer uma delas, se não a ambas, com igual alegria. Nunca lhe ocorrera que ela pudesse preferir simplesmente ser ela mesma.

Uma parte dela havia concordado. Ela se lembrava de haver acatado a suposição de que deveria se projetar na vida de seus filhos, especialmente de seus filhos homens, como se suas existências fossem de maior importância do que a dela, e ela mesma fosse apenas o veículo de sua criação e o abrigo de seus anos vulneráveis. Ela se lembrava do nascimento de Kay. Ela queria chamá-lo de Kay porque, pouco antes de seu nascimento, estivera lendo Malory. Até então, seus filhos haviam sucedido automaticamente aos nomes de família – Herbert, Charles, Robert, William –, mas sobre o quinto filho, por algum motivo, seus desejos foram consultados, e quando ela sugerira Kay como nome, Henry não protestara. Ele estava de bom humor e dissera: "Faça do seu jeito". Ela se lembrou de que, mesmo em sua fraqueza, ela havia achado Henry generoso. Olhando para o rosto vermelho e amassado de seu novo bebê – embora rostos vermelhos e amassados tivessem se tornado bastante comuns para ela naquela época, na sexta gestação –, ela percebera a responsabilidade de lançar a pequena criatura rotulada por um nome que não era de sua escolha, como se lançasse um navio de guerra; só que em vez de torres, convés e canhões, ela tinha que lidar com o tecido milagroso de carne e cérebro. Era justo chamar uma criança de Kay? Um nome, um rótulo, exercia uma pressão invisível, embora contínua. Dizia-se que as pessoas cresciam de acordo com seus nomes. Kay, de qualquer forma, não havia se tornado indevidamente romântico, embora, claro, não se pudesse dizer que ele se parecia com seus irmãos ou com a irmã mais velha.

No entanto, de todos os seus filhos, Kay e Edith foram os únicos que herdaram algo da mãe – Kay com seus astrolábios, Edith com suas confusões. Carrie, como era de se esperar, fora a que lhe dera menos trabalho; Carrie abrira seu próprio caminho para o mundo. Herbert, como o filho mais velho, chegara com pompa e dificuldade. William fora um bebê mau e silencioso, com olhos pequenos; ganancioso também, como se estivesse determinado a espremer toda a provisão de seu peito, assim como, hoje, ele e Lavinia, sua parceira ideal, estavam determinados a tirar todo o proveito da leiteria local. Charles chegara protestando, assim como protestava hoje, só que, naquela época, não sabia nada sobre o Ministério da Guerra. Edith tivera que ser forçada a dar seu primeiro suspiro; ela não fora capaz de lidar melhor com a vida no começo do que no fim. O fato é que somente em Kay e Edith ela percebia uma afinidade não expressa. Todos os outros eram filhos de Henry, com sua energia simplesmente errada. No entanto, quando seus filhos eram bebês – pequenos e indefesos, ou tão jovens e frágeis que só era possível sentá-los em segurança ao sustentar suas cabeças vulneráveis –, ela, tentando compensar sua independência perdida, esforçara-se para olhar adiante, para o dia em que o crânio, sobre o qual a pulsação batia de forma tão aterrorizante e evidente, se fecharia, quando seu vínculo com a vida não fosse mais tão alarmantemente precário, quando ela não temesse que eles dessem o último suspiro enquanto ela se curvava sobre o berço na ausência da enfermeira. Ela tentara ansiar pelo dia em que eles desenvolveriam suas próprias personalidades; quando teriam opiniões diferentes das dos pais e fariam planos e arranjos por conta própria. Mesmo nisso, ela havia sido suprimida, frustrada. "Como nos divertiremos", ela dissera a Henry enquanto estavam juntos olhando para Herbert preso em seu berço, "quando ele começar a nos escrever cartas da escola." Henry não gostara daquele comentário; ela adivinhara sua crítica instantaneamente. Henry achava que todas as mulheres de verdade deveriam preferir ver seus filhos indefesos e deplorar o dia em que começassem a crescer. Roupas longas deveriam ser preferíveis a camisolas; camisolas a calças curtas; calças curtas a calças compridas. Henry tinha ideias definidas e masculinas sobre mulheres e maternidade. Embora secretamente orgulhoso de seus filhinhos que cresciam, ele fingia, inclusive para si mesmo, que eles eram, até então, inteiramente preocupação da mãe. Então, naturalmente, ela se esforçara para adotar essa visão. Herbert, aos dois anos de idade, fora deposto em favor de Carrie; Carrie, com um ano, em favor de Charles. Porque, como se esperava dela, o bebê sempre era, oficialmente, o queridinho. Porém nada disso continha qualquer verdade. Ela sempre tivera consciência de que o eu de seus filhos estava tão distante dela quanto o eu de Henry, ou, na verdade, o seu próprio.

Pensamentos chocantes e sobrenaturais flutuaram em sua mente. "Se eu nunca tivesse me casado... se eu nunca tivesse tido filhos." No entanto, ela amava Henry – a ponto da agonia – e amava seus filhos – a ponto do sentimentalismo. Ela tecera teorias sobre eles, que confidenciara a Henry em momentos de privacidade e desabafo. Herbert seria um estadista, dizia ela, pois não é que (aos doze anos) lhe perguntava sobre problemas do governo nativo? E Kay, aos quatro anos, pedira para ser levado para ver o Taj Mahal. Henry satisfazia essas fantasias nela, sem perceber que ela estava, de fato, atendendo aos próprios desejos dele.

Contudo, nada disso se comparava às ambições de Henry, que a levaram por um caminho cercado de espinhos. Tudo nas concepções de mundo de Henry tinha ido contra a sua própria essência. Realista e idealista, eles representavam os extremos opostos de seus pontos de vista, com a diferença de que, enquanto Henry não precisava esconder nada sobre suas convicções, ela precisava proteger as dela da vergonha e do ridículo. No entanto, ali, novamente, a confusão a envolvia. Havia momentos em que podia entrar no entusiasmo do grande jogo que Henry estava sempre jogando; momentos em que a existência privada, especializada, intensa e adorável da artista - cuja prática lhe fora negada, mas cujo ideal de vida ainda ansiava, com uma mistura de sofrimento e fantasia - parecia algo pobre e egoísta e excessivamente delicado em comparação com os negócios masculinos do império, da política e das luta dos homens. Houve momentos em que ela conseguia entender não apenas com o cérebro, mas com a sensibilidade, que Henry deveria almejar uma vida de ação, assim como ela mesma almejava uma vida de contemplação. Eles eram, de fato, duas metades de um mundo despedaçado.

Parte Três

Esta Vida que vivemos está morta em todo o seu fôlego;
É a própria Morte, posta em peregrinação,
Trilhando, com passos vacilantes, a primeira curta etapa.

Christina Rossetti

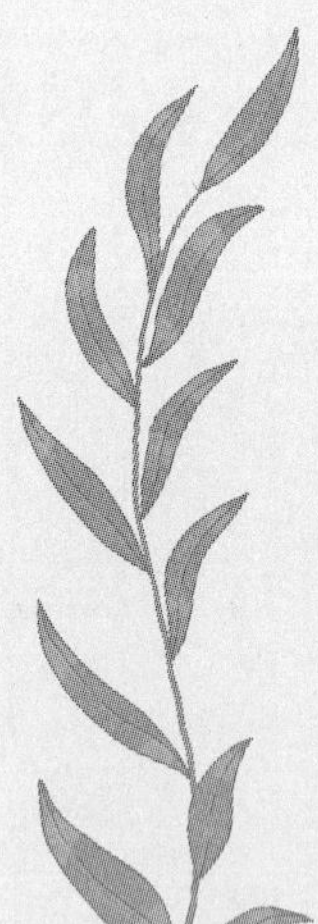

O verão acabou, os dias de outubro não eram mais quentes o suficiente para lady Slane se sentar no jardim. Para espairecer, ela precisava dar uma voltinha, coberta de capas e peles por Genoux, que a acompanhava até a porta da frente para garantir que ela não jogasse nenhuma de suas roupas no corredor pelo caminho. Lady Slane às vezes protestava, enquanto Genoux arrastava uma peça de roupa atrás da outra do armário.

— Mas, Genoux, você está me fazendo parecer um velho fardo.

Genoux, pendurando firmemente o último manto em volta dos ombros, respondia:

— *Miladi est bien trop distinguée pour avoir jamais l'air d'un vieux* fardo.[1]

— Você se lembra, Genoux — disse lady Slane, calçando suas luvas —, como você sempre quis que eu usasse meias de lã para o jantar?

Era verdade. Genoux, no tempo frio, nunca estivera disposta a colocar meias de seda junto com o vestido de noite de sua patroa; ou se ela as colocasse, depois de muitas reclamações, esperançosamente colocaria também um par de lã para usar por baixo.

— *Mais pourquoi pas, miladi?* — disse Genoux sensatamente. — *Dans ce temps-là les dames, même les jeunes dames, portaient les jupes convenablement longues, et un jupon par dessus le marché. Pourquoi s'enrhumer, pour des chevilles qui n'y paraissent pas? C'était la même histoire pour les combinaisons que*

---

1 Milady é muito distinta para parecer um fardo velho.

miladi voulait à tout prix ôter pour le dîner, précisément au soir lorsqu'il fait plus froid.[2]

Ela acompanhou lady Slane escada abaixo, falando nesse tom, pois toda a sua loquacidade havia sido liberada desde que deixara Elm Park Gardens e a casa de criados ingleses, com seus modos frios e discretos. Ela pairou e cacarejou sobre lady Slane, meio repreendendo, meio mostrando afeição

— *Miladi n'a jamais su se soigner. Elle ferait beaucoup mieux d'écouter sa vieille Genoux. Les premiers jours d'octobre, c'est tout ce qu'il y a de plus malin. Ça vous attrape sans crier gare. A l'âge de miladi on ne doit pas prendre de libertés.*[3]

— Não me enterre até precisar, Genoux — disse lady Slane, escapando tanto de seus anglicismos quanto de seu pessimismo.

Ela desceu os degraus com cuidado, pois havia uma geada e eles poderiam estar escorregadios. Genoux a acompanhava com o olhar até sumir de vista, ela sabia, então na esquina, deveria se virar para acenar. Genoux ficaria magoada se esquecesse de se virar. No entanto, também não se sentia reconfortada pelo gesto; não ficaria feliz novamente até que reintegrasse a figura encoberta da velha senhora à segurança da casa; até que a puxasse para dentro, tirasse suas botas e trouxesse seus chinelos e talvez uma xícara de sopa quente, enquanto levava embora seus agasalhos e a deixava com seu livro ao lado da lareira da sala de estar. Apesar disso, Genoux, acima de todos os seus provérbios e murmurações, era uma velha alma alegre e filosófica, cheia de sabedoria do tipo camponês robusto. (Ela acenou de volta para lady Slane quando esta, depois de olhar obedientemente ao redor, virou a esquina e seguiu seu caminho, lentamente,

---

[2] Mas por que não, milady? Naquela época, as senhoras, mesmo as jovens, usavam saias adequadamente longas e uma anágua por cima. Por que pegar um resfriado se os tornozelos não aparecem? A mesma história acontecia com a combinação que milady queria tirar a todo custo para jantar, principalmente à noite, quando fazia mais frio.

[3] Milady nunca soube cuidar de si mesma. Faria muito melhor se ouvisse a velha Genoux. Os primeiros dias de outubro são os que mais enganam. Eles nos agarram sem aviso prévio. Na idade de milady não devemos ser levianos.

em direção ao parque de Heath). Agora ela voltaria para a cozinha e falaria com o gato enquanto se ocupava com suas panelas e frigideiras. Lady Slane frequentemente a ouvia falando com o gato. "*Viens, mon bo-bo* ", dizia, "*nice dinner, look, that's all for you*", pois ela tinha a ideia de que os animais ingleses só entendiam inglês e, uma vez, ao ouvir os chacais ladrarem quando estavam em outro país, comentou com lady Slane: "*C'est drôle tout de même, miladi, comme on entend tout de suite que ce ne sont pas des Anglais*".[4] Bem, era uma vida tranquila que elas levavam agora, ela e Genoux, pensou lady Slane, subindo lentamente a colina, seguindo seu caminho; ela e Genoux, vivendo em uma intimidade tão imperturbável, unidas pelos laços, respectivamente, de gratidão e devoção, unidas também pelo laço de suas especulações silenciosas sobre quem seria tirada de quem primeiro. Sempre que a porta da frente se fechava atrás de um de seus raros visitantes, cada uma sentia um certo alívio com a partida do intruso. A rotina de sua vida diária era tudo o que elas queriam – tudo, na verdade, para o que tinham forças. O esforço as cansava, embora nunca tivessem admitido isso uma à outra.

Felizmente, os intrusos vinham raramente. Os filhos de lady Slane tinham vindo primeiro, em rodízio, como um dever, mas a maioria deles indicou à mãe tão claramente a extrema inconveniência de ir até Hampstead que ela se sentiu justificada em implorar para que se poupassem do trabalho, e, exceto em alguns períodos, eles a levavam a sério. Lady Slane era inteligente o suficiente para imaginar o que eles diziam uns aos outros para apaziguar suas consciências: "Bem, pedimos à Mamãe para morar conosco...". Edith, sozinha, havia demonstrado alguma disposição para vir com frequência e, como ela chamava, ajudar. Porém Edith agora estava vivendo em tal estado de felicidade em seu próprio apartamento que tinha sido facilmente capaz de decidir que sua mãe realmente não a queria. Quanto a

---

4 É engraçado mesmo assim, milady, como ouvimos imediatamente que eles não são ingleses.

Kay, ela não o via há algum tempo. Da última vez que viera, ele disse, após muita hesitação e constrangimento, que um amigo seu, o velho FitzGeorge, queria ser convidado para visitá-la.

— Eu acho — falou Kay, atiçando o fogo — que ele mencionou tê-la conhecido na Índia.

— Na Índia? — respondeu lady Slane vagamente. — É bem possível, querido, mas não me lembro do nome. Muitas pessoas vieram, sabe. Muitas vezes éramos vinte para o almoço. Você acha que poderia dissuadi-lo, Kay? Não quero ser rude, mas, de alguma forma, parece que perdi o gosto por estranhos.

Kay ansiava por perguntar à mãe o que Fitz quisera dizer ao confessar que o vira em seu berço. Ele tinha ido a Hampstead determinado a esclarecer esse mistério. Mas, é claro, ele foi embora sem perguntar.

Nenhum bisneto. Eles eram proibidos. Os netos não contavam; eles eram tão insignificantes quanto uma paisagem ao longe. Entretanto, os bisnetos, que não eram insignificantes, mas podiam ser incômodos, eram proibidos. Lady Slane tinha aderido a isso, com a estranha, e às vezes repentina, firmeza demonstrada pelas pessoas mais dóceis. O sr. Bucktrout era o único visitante regular, vindo uma vez por semana para o chá, às terças-feiras. Contudo, ela não se cansava do sr. Bucktrout; eles se sentavam em ambos os lados do fogo, sem acender as lâmpadas, enquanto a conversa de seu locatário corria como um riacho ronronante, e lady Slane ouvia ou não, dependendo da disposição.

Enquanto isso, estava muito bonito lá em cima, no Heath, com as árvores marrons e a imensidão azul. Lady Slane sentou-se em um banco e descansou. Garotinhos empinavam pipas, corriam arrastando a linha pela grama, até que, como um pássaro desajeitado, a pipa subia, arrastando sua rabiola desgrenhada pelo céu. Lady Slane se lembrou de outros garotinhos empinando pipas na China. Suas memórias estrangeiras e seu presente inglês agora brincavam frequentemente em sua mente, cruzando-se, misturando-se e sobrepondo-se, fazendo-a imaginar, às vezes, se sua memória não estaria ficando um pouco confusa, tão imediatas e simultâneas ambas as impressões apareciam. Ela estava em uma encosta perto de Pequim com Henry, um cavalariço conduzia seus cavalos para cima e para baixo a uma distância adequada; ou estaria ela sozinha, velha e vestida de preto, descansando em um banco em Hampstead Heath? Mas havia as chaminés de Londres para guiá-la. Não há dúvidas de que aqueles eram meninos típicos de um bairro operário de Londres em farrapos, não pequenos querubins celestiais vestidos de algodão azul; e seus próprios membros, quando ela mudou um pouco de posição no banco duro, deram-lhe uma dor reumática que não tinha relação alguma com seu bem-estar físico e jovem enquanto ela galopava pela encosta chamuscada com Henry. Ela tentou, de forma turva e tateante, reviver a sensação daquele bem-estar. Achou impossível. Uma voz interior obediente, convocada do passado, como uma velha melodia que poderia flutuar inapreensível para os arredores da recordação, reproduziu para ela em palavras os fatos daquela sensação sem despertar nenhuma resposta em seu velho corpo entorpecido. Em vão, ela agora dizia a si mesma que uma vez havia acordado em uma manhã de verão desejando saltar da cama e sair correndo ao ar livre, movida por pura exuberância de espírito. Em vão, ela se esforçava, e de forma ainda mais deliberada, a renovar a agudeza da espera pelo momento em que - sua vida oficial suspensa - ela se voltaria na escuridão para os braços de Henry. Agora eram só palavras, sem realidade. As únicas coisas que tocavam a realidade eram a rotina de sua vida com Genoux. Os pequenos interesses daquela vida - a campainha dos comerciantes na porta dos fundos, a chegada de um pacote de livros de Mudie, a consulta sobre o chá de terça-feira do sr. Bucktrout, deveriam comprar muffins ou crumpets?, a agitação sobre uma visita anunciada de Carrie; e então o aumento de suas mazelas corporais, pelas quais ela estava começando a sentir bastante afeição. Seu corpo, de fato, se tornara seu companheiro, uma fonte constante de apoio e preocupação; todas as pequenas misérias do corpo, conhecidas apenas por si, insignificantes, facilmente descartadas na juventude, na velhice se tornaram dominantes e consumaram a tirania que haviam anunciado. No entanto, era, mais do que o contrário, uma tirania agradável e interessante. Uma sugestão de dor nas costas a fez levantar-se cautelosamente de seu banco e a lembrou do dia em que ela havia machucado as costas em Nervi; desde então, elas nunca foram muito confiáveis. As pequenas intimidades de seus dentes eram conhecidas por ela, de modo que ela comia cuidadosamente, mordendo de um lado em vez do outro. Ela instintivamente dobrava um dos dedos – o terceiro da mão esquerda – para poupá-lo da pontada da neurite. Uma unha encravada no pé obrigou Genoux a usar a calçadeira com a maior precaução. E todas essas partes do corpo se tornaram intensamente pessoais: minhas costas, meu dente, meu dedo da mão, meu dedo do pé; e Genoux, mais uma vez, era a única pessoa que sabia exatamente o que ela queria dizer com uma exclamação repentina enquanto caía de volta na cadeira, o vínculo entre ela e Genoux se fortalecia, assim, chegando à intensidade do vínculo entre amantes, de uma intimidade física exclusiva. Era dessas pequenas coisas que sua vida se fazia agora: da intimidade com Genoux, do interesse em seu próprio corpo em desintegração, da cortesia e das visitas semanais do sr. Bucktrout, de seu prazer na manhã gelada e dos meninos empinando pipas no Heath; até mesmo de sua ansiedade em escorregar em um piso congelado, pois os ossos dos idosos, ela sabia, eram frágeis. Todas as coisas minúsculas, coisas desprezivelmente minúsculas, enobrecidas apenas pela sua vasta circunstância, a circunstância da Morte. Certas pinturas italianas retratavam árvores – choupo, salgueiro, amieiro –, cada folha separada, afiada e nervurada, contra um céu verde translúcido. De tal qualidade eram as coisas minúsculas, as folhas bem torneadas, de sua vida presente: redimidas da insignificância por sua justaposição com uma eternidade luminosa.

Ela se sentia exaltada, escapava de uma mesquinharia óbvia, de uma vida minuciosa e excessiva, sempre que se lembrava de que nenhuma aventura poderia lhe acontecer, exceto a aventura suprema, para a qual todas as outras aventuras eram apenas uma preparação.

Ela calculou mal, no entanto, esquecendo-se que as surpresas da vida eram inesgotáveis, mesmo até o fim. Ao entrar novamente em sua casa naquela tarde, ela encontrou um chapéu masculino de formato quadrado peculiar repousando sobre a mesa do corredor, e Genoux, em um estado de excitação, cumprimentou-a com um sussurro:

— *Miladi! il y a un monsieur... je lui ai dit que miladi était sortie, mais c'est un monsieur qui n'écoute pas... il attend miladi au salon. Faut-il servir le thé? – Miladi ôtera bien ses souliers, de peur qu'ils ne soient humides?*[5]

Lady Slane evocou a memória de seu encontro com o sr. FitzGeorge. O mesmo fez o sr. FitzGeorge em relação ao seu encontro com lady Slane. Tendo esperado tempo suficiente, e em vão, para que Kay o trouxesse, ele decidira agir por conta própria e fora sozinho. Avarento, apesar de seus milhões, viajara até Hampstead de metrô; fora a pé da estação; parara diante da casa de lady Slane e, com o olhar de um conhecedor, apreciara sua dignidade georgiana. "Ah", ele dissera com satisfação, "a casa de uma mulher de bom gosto". Ele logo descobriu seu erro, pois, tendo ignorado as objeções de Genoux e forçado seu caminho para o corredor, descobriu que lady Slane não tinha gosto algum. Curiosamente, isso o encantou ainda mais. O cômodo para o qual Genoux relutantemente o conduziu era simples e confortável. "Poltronas e algodão indiano estampado, e luz no lugar certo", murmurou, vagando por aí. Ele ficou extraordinariamente comovido com a perspectiva de ver lady Slane novamente. No entanto, quando ela chegou, era óbvio que não se lembrava dele nem um pouco. Ela o cumprimentou

[5] Milady! Há um senhor... Eu disse a ele que milady havia saído, mas ele é um cavalheiro que não escuta... ele espera por milady na sala. O chá deve ser servido? – Miladi vai tirar os sapatos para não molharem?

educadamente, com um retorno ao modo vice-real; desculpou-se por sua ausência, pediu-lhe que se sentasse; disse que Kay havia mencionado seu nome, que o chá chegaria em um minuto, mas estava manifestamente intrigada quanto à incumbência que o trouxera. Ela imaginava se talvez ele desejava escrever sobre a vida de seu marido. O sr. FitzGeorge, quando essa reflexão o atingiu, gargalhou de repente e, para sua anfitriã, inexplicavelmente. Ele mal conseguia explicar de uma vez que fora a vice-rainha, não o vice-rei, quem tocara sua imaginação, mais de meio século atrás, em Calcutá.

E assim, ele foi compelido a explicar que, quando jovem, fora com cartas de apresentação à Government House e tinha sido convidado para jantar de maneira superficial. O sr. FitzGeorge, no entanto, não ficou envergonhado, ele era genuinamente desligado de tais convenções sociais. Explicou-se de forma bem simples e sem evasões.

— Veja — ele disse —, eu era um jovem sem nome, a quem um pai desconhecido havia deixado uma grande fortuna, com o desejo de que eu viajasse ao redor do mundo. Fiquei naturalmente encantado em aproveitar tal oportunidade. É sempre agradável gratificar desejos que coincidem com os nossos. Os advogados, que também eram meus tutores — acrescentou secamente —, elogiaram minha prontidão em atender ao desejo expresso no testamento. Na visão deles, velhos caducos apodrecendo no Lincoln's Inn, um jovem que abandonaria Londres pelo Extremo Oriente por sugestão do pai era, de fato, um jovem filial. Suponho que eles achavam que as portas dos palcos da Shaftesbury Avenue eram uma atração maior do que os bazares de Cantão. Bem, eles erraram. Metade dos tesouros da minha coleção hoje, lady Slane, devo àquela viagem ao redor do mundo há sessenta anos.

Estava claro que lady Slane nunca tinha ouvido falar de sua coleção. Ela lhe disse isso. Ele ficou encantado, assim como ficara encantado ao descobrir que ela não tinha gosto.

— Maravilhosa, lady Slane! Minha coleção é, suponho, pelo menos duas vezes mais valiosa que a dos Eumorphopoulos, e duas vezes mais famosa - embora, devo acrescentar, eu tenha pagado uma centésima parte de seu valor atual por ela. E, diferentemente da maioria dos especialistas, nunca perdi de vista a beleza. Raridade, curiosidade, antiguidade não são suficientes para mim. Preciso ter beleza ou, pelo menos, qualidade artesanal. E fui justificado. Não há peça em minha coleção hoje que qualquer museu não despojaria de sua melhor vitrine para possuir.

Lady Slane, sem saber nada sobre essas coisas, divertia-se com a ostentação inocentemente infantil. Ela incitou-o, aquele velho pássaro ingênuo, aquele colecionador de objetos bonitos, que de repente entrara em sua casa e agora estava sentado perto do fogo, gabando-se, esquecendo-se daquele jantar em Calcutá e de sua amizade com Kay, que por si só poderia ter justificado sua intrusão. Ele tinha para ela, desde o primeiro momento, o charme de uma figura completamente desapegada e isolada. O próprio fato de ele não ter pais conhecidos nem nome legítimo, mas ser pura e simplesmente ele mesmo, investia-o de um certo charme lendário aos olhos dela. Ela já estava farta, em sua vida, de pessoas cujo status mundano era seu passaporte para admissão. O sr. FitzGeorge não tinha tal passaporte, mesmo sua riqueza dificilmente poderia ser considerada um passaporte, pois sua reputação de avarento destruía instantaneamente as esperanças do mais otimista buscador de benefícios. Curiosamente, lady Slane não se ofendia com sua avareza como se ofendia quando a percebia em seu próprio filho William. William e Lavinia eram furtivamente avarentos, não conseguiam deixar de ser mesquinhos, pois a parcimônia corria em seu sangue - ela se lembrava de pensar, quando ficaram noivos, que aquele era o verdadeiro elo que os unia -, mas não eram francos a respeito, tentavam encobri-la. O sr. FitzGeorge saciou sua fraqueza em grande escala, sem esconder nada. Lady Slane gostava de pessoas que, se tivessem vícios, não tinham vergonha deles. Desprezava todos os disfarces hipócritas. Então, quando o sr. FitzGeorge lhe disse que odiava se desfazer de dinheiro, que só podia ser induzido a fazê-lo quando irresistivelmente tentado pela beleza e que só conseguia se consolar com a atração de uma barganha, ela riu francamente e lhe concedeu seu respeito. Ele olhou para ela do outro lado do fogo. Seu casaco, ela observou, estava surrado.

— Eu me lembro — ele disse — que a senhora riu de mim em Calcutá.

Ele parecia se lembrar de muitas coisas sobre Calcutá.

— Lady Slane — disse, esquivando-se, quando ela o confrontou com sua excelente memória —, a senhora ainda não percebeu que as lembranças da juventude se aguçam com o avanço da idade?

Aquele pequeno "ainda" a fez rir de novo: ele estava representando o papel de um homem fingindo para uma mulher que ela ainda mantinha sua juventude. Ela tinha oitenta e oito anos, mas a mola mestra da relação homem-mulher ainda se enrolava como uma cobra entre eles. Inúmeros anos haviam se passado desde que ela sentira aquele estímulo; e ele veio como um renascimento inesperado, uma centelha, uma despedida, mexendo-a estranhamente e despertando algum eco cuja melodia ela não conseguia recapturar. Ela realmente tinha visto FitzGeorge antes, ou sua galanteria leve e antiquada despertou apenas a memória geral de anos em que todos os homens a observavam com admiração no olhar? Fosse o que fosse, a presença dele a inquietava, embora ela não pudesse fingir que sua leve agitação não fosse nada agradável, e ele a olhava de uma forma que sugeria que poderia fornecer a explicação, se quisesse. Durante toda a noite, depois que ele foi embora, ela ficou sentada olhando para o fogo, seu livro esquecido, imaginando, tentando lembrar, tentando colocar a mão em algo que permanecia tentadoramente ali, logo na esquina, ali, fora de alcance. Algo havia batido contra ela como o badalo pode bater contra um velho sino rachado em um campanário abandonado. Nenhuma música viajou pelos vales, mas, dentro do próprio campanário, uma vibração formigante surgiu, perturbando os estorninhos aninhados e fazendo as teias de aranha tremerem.

Na manhã seguinte, ela, é claro, ridicularizou seu humor noturno. Que esquisita aberração de sentimentalismo a havia apanhado? Por duas horas estivera tão sonhadora quanto uma menina! A culpa era de FitzGeorge por ter entrado em sua casa daquele jeito, por sentar-se ao lado de sua lareira como se tivesse algum direito de estar ali, por falar sobre o passado, por provocá-la gentilmente sobre sua dignidade como jovem vice-rainha, por olhar para ela como se estivesse dizendo apenas metade do que diria mais tarde, por ser ligeiramente zombeteiro, ligeiramente galante, totalmente admirador e secretamente comovido. Embora ele tivesse preservado uma postura superficial, ela sabia que sua visita não tinha sido sem importância para ele. Perguntou-se se ele voltaria.

Se o cavalheiro retornasse, perguntou Genoux, ele seria admitido? Da próxima vez, ela estaria preparada; ele não deveria desconsiderá-la como se ela fosse o jornal de ontem e entrar direto na sala, colocando seu chapeuzinho engraçado na mesa. *"Ah, mon Dieu, miladi, quel drôle de chapeau!"*[6] Ela se dobrou, esfregando as mãos nas coxas enquanto ria. Lady Slane amava o prazer sincero de Genoux com qualquer coisa que lhe parecesse engraçada. Em resposta, ela se permitiu um sorriso para o chapéu do sr. FitzGeorge.

Onde ele havia conseguido esse chapéu, perguntava-se Genoux; *car jamais je n'ai vu un pareil chapeau en devanture*[7]. Ele os mandara fazer propositalmente só para si? E seu cachecol – a senhoria o viu? Todo xadrez, como um garanhão. *"C'est un original"*[8], Genoux concluiu sabiamente; porém, ao contrário de uma criada inglesa, ela não estava interessada apenas em zombar do sr. FitzGeorge. Ela queria saber mais sobre ele. Era patético, dizia, ser assim – *un vieux monsieur*[9], e sozinho. Ele nunca tinha sido casado? Não parecia ter sido casado. Ela seguia lady

---

6 Ah, meu Senhor, milady, que chapéu engraçado!

7 Porque nunca vi um chapéu assim na frente.

8 Este é original.

9 Um senhor idoso

Slane, ansiosa pelas informações que lady Slane não conseguia fornecer. Ele tinha feito um bom chá, disse Genoux; ela havia notado o estado surrado de seu casaco, assumindo uma pobreza excessiva.

— *J'ai vite couru au coin de la rue, attraper l'homme aux muffins.*[10]

Ficou visivelmente desapontada quando lady Slane lhe disse secamente que o sr. FitzGeorge, até onde sabia, era um milionário.

— *Un milliardaire! et s'affubler comme ça!*[11]

Genoux não conseguia tirar isso da cabeça. Mas qual seria a conclusão disso tudo?, perguntava. Deveria deixá-lo entrar na próxima vez ou não?

Lady Slane disse que não supunha que o sr. FitzGeorge voltaria, mas mesmo enquanto dizia isso, descobriu-se mentindo, pois ao se despedir, o sr. FitzGeorge havia segurado sua mão e pedido permissão para retornar. Por que ela mentiria para Genoux?

— Sim, deixe-o entrar — ela disse, afastando-se em direção à sala de estar.

Eram três agora, três velhos cavalheiros - sr. Bucktrout, sr. Gosheron e sr. FitzGeorge. Um trio engraçado - um agente imobiliário, um construtor e um colecionador! Todos velhos, todos excêntricos e todos sobrenaturais. Quão estranhamente acontecera, que toda a sua vida tivesse se afastado dela - suas atividades, seus filhos e Henry - e tivesse sido tão completamente substituída, nesse pequeno interlúdio antes do fim, por uma nova existência tão satisfatoriamente povoada! Ela supôs que era responsável por sua criação, mas não conseguia imaginar como tinha feito isso.

— Talvez — disse em voz alta — sempre se consegue o que se quer no final. — E pegando um livro antigo, ela o abriu ao acaso e leu:

---

10 Eu fui correndo até a esquina e consegui achar o homem dos muffins.

11 Um milionário! E se vestir assim!

Cesse com seus juramentos, cesse com suas grandes promessas,
Cesse com sua pompa, cesse com sua vanglória,
Cesse com seu ódio, cesse com sua blasfêmia,
Cesse com sua malícia, cesse com sua inveja,
Cesse com sua ira, cesse com sua luxúria,
Cesse com sua fraude, cesse com seu engano,
Cesse com suas línguas caluniadoras.

Certamente, era notável que alguém tivesse expressado seu anseio em – ela olhou para a data – 1493? Leu o próximo verso:

Fuja da falsidade tênue, inconstante, repulsiva e cruel,
Fuja dos lisonjeiros fatais, cheios de falsidade,
Fuja da falsa aparência, das fábulas de mentiras,
Fuja da comunhão das pessoas que frequentam a falsidade,
Fuja dos rostos frenéticos, cheios de obstinação,
Fuja das falácias dos tolos, das fantasias afetuosas,
Fuja dos tagarelas inexperientes, fingindo bajulações.

Ela havia fugido de todos eles, exceto das fantasias afetuosas; seus três velhos cavalheiros eram fantasias afetuosas – fantasias tolas, emendou, sorrindo. Quanto à pompa, vanglória e línguas caluniadoras, eram coisas que nunca cruzavam sua soleira agora, exceto quando Carrie as trazia em uma lufada de ar frio. Então ela pegou-se refletindo quão prontamente aceitara o sr. FitzGeorge e o adicionara aos seus íntimos: que razão ela tinha para supor, além de uma frase dita na civilidade de despedida, que ele voltaria?

Ele voltou, e ela ouviu Genoux dando-lhe as boas-vindas como um velho amigo no hall de entrada. Sim, sua senhoria estava; sim, sua senhoria dissera que ficaria encantada em receber *monsieur* a qualquer momento. Lady Slane ouviu, desejando que Genoux não fosse tão hospitaleira em seu nome. Ela não tinha certeza, agora, de que gostava de sua privacidade sendo exposta à invasão do sr. FitzGeorge. Precisaria pedir a Kay que sugerisse isso a ele.

Enquanto isso, ela o recebeu, levantando-se em seus suaves drapeados pretos e dando-lhe a mão com o sorriso que ele lembrava. Por que não deveria? Afinal, eram duas pessoas velhas, pessoas muito velhas, tão velhas que estavam o tempo todo preocupadas com a idade, e sendo tão velhas, era agradável se sentarem como dois gatos em cada lado do fogo, aquecendo os ossos, estendendo as mãos tão transparentes a ponto de deixar a luz rosada das chamas atravessá-las, enquanto sua conversa sem esforço subia ou descia. Lady Slane, durante toda a sua vida, fizera as pessoas sentirem que podiam falar se quisessem, mas que não precisavam falar se não quisessem - uma das razões pelas quais Henry Holland decidira se casar com ela. Tendo um fundo de quietude dentro de si, ela conseguia entender que outras pessoas também gostavam de ficar quietas. Poucas mulheres, Henry Holland dissera, conseguiam ficar quietas sem serem chatas, e menos mulheres conseguiam falar sem serem chatas, mas Henry Holland, embora gostasse de mulheres, tinha uma opinião ruim delas e não ficava satisfeito com nenhuma, exceto com sua própria esposa. FitzGeorge, com uma astúcia realmente notável, diagnosticara isso em Calcutá, onde o vice-rei, Deus sabe, estava suficientemente cercado por mulheres bonitas e animadas, todas lisonjeiramente iludidas pela aparente atenção próxima e exclusiva que ele dava a cada uma delas.

Graças a Deus, pensou o sr. FitzGeorge, ela não tem gosto. Ele estava farto de mulheres que se orgulhavam de seu gosto e, portanto, assumiam um entendimento com ele como se fossem peritos. Não havia relação entre as duas coisas - entre "decoração" e verdadeira beleza. Suas obras de arte pertenciam a um mundo diferente dos interiores habilidosos de mulheres de bom gosto. Ele olhou quase com ternura para as lâmpadas do abajur rosa e o tapete turco de lady Slane. Se alguém quisesse beleza, bastava pousar os olhos nela, tão fina e velha e adorável, como uma escultura de marfim; fluindo como água em sua cadeira, tão leves e flexíveis eram seus membros, a luz do fogo lançando um rubor rosa sobre suas feições e seus cabelos brancos como a neve. A juventude não tinha beleza como a beleza de um rosto velho; o rosto da juventude era uma página não escrita. A juventude nunca poderia ficar tão quieta assim, em repouso absoluto, como se toda pressa, todo movimento, tivessem acabado e não restasse nada além de espera e aquiescência. Ele estava feliz por nunca a ter visto na meia-idade, para poder manter, imaculada em sua memória, a imagem de quando ela era jovem, vivaz e cheia de energia, completando-a com esta visão atual, tendo chegado ao outro lado da história. A mesma mulher, mas ele próprio ignorando o que havia acontecido no meio tempo.

Ele percebeu que não falava há cinco minutos. Lady Slane parecia tê-lo esquecido. No entanto, ela não estava dormindo, pois olhava calmamente para o fogo, as mãos soltas em sua atitude habitual e o pé apoiado na proteção da lareira. Ele se surpreendeu que ela o aceitasse tão naturalmente. Mas somos velhos, pensou, e nossas percepções são silenciadas. Ela toma como certo que eu deveria me sentar aqui como se a conhecesse da vida toda.

— Lady Slane — disse ele em voz alta —, acredito que não teve muito prazer em seu vice-reinado.

Sua voz era sempre um tanto áspera e sarcástica, e mesmo na companhia dela, não fazia nenhuma tentativa de suavizá-la. Desconsiderava e desprezava tanto a humanidade que raramente falava sem um sorriso de escárnio. Kay era seu único amigo, mas até Kay recebia o lado áspero de sua língua com mais frequência do que o suave. Lady Slane enrijeceu-se, por uma reavivada lealdade a Henry.

— Até o vice-reinado tem suas utilidades, sr. FitzGeorge.

— Mas não para alguém como a senhora — disse o sr. FitzGeorge, impenitente. — Sabe — falou, inclinando-se para a frente —, eu fiquei bastante incomodado ao vê-la presa entre aqueles pantomimeiros. A senhora se submeteu e fez sua parte - oh, admiravelmente! -, mas o tempo todo estava negando sua natureza. Lembro-me de esperar a senhora e lorde Slane aparecerem antes do jantar, estávamos reunidos em uma grande sala de estar, trinta de nós, ouso dizer, pessoas usando joias e uniformes, todos de pé sentindo-se mais ou menos tolos em uma imensa superfície de carpete. Lembro-me de que havia um enorme lustre todo iluminado com velas, ele tilintava sempre que alguém se movia. Eu me perguntava se eram seus passos que o faziam tilintar. E então uma grande porta sanfonada se abriu e a senhora entrou com o vice-rei, e todas as mulheres fizeram uma reverência. Depois do jantar, vocês dois se aproximaram do círculo de convidados, dizendo algo a cada um. A senhora estava vestida de branco, com diamantes no cabelo, e me perguntou se eu esperava conseguir algo grandioso na caçada. Suponho que pensou que era a coisa certa a dizer a um jovem rico; não poderia saber que eu abominava a ideia de matar animais. Eu disse que não, que era apenas um viajante; mas embora a senhora tenha sorrido atentamente, não acredito que tenha ouvido minha resposta. Estava pensando no que deveria dizer à próxima pessoa, e, sem dúvida, disse algo tão bem composto e igualmente inapropriado. Foi o vice-rei, não a senhora, quem sugeriu que eu os acompanhasse na vossa viagem.

— Na nossa viagem? — disse lady Slane, espantada.

— A senhora conhecia aquele jeito fácil e amável que ele tinha de dar sugestões? Metade do tempo, sabia-se que ele não queria dizer o que dizia, e que ele nunca esperava que alguém agisse de acordo. Esperava-se que alguém se curvasse e dissesse: "Muito obrigado, isso seria maravilhoso" e então nunca mais se referisse a isso. Ele diria: "China? Sim, vou para a China na semana que vem. País muito interessante a China; o senhor deveria vir comigo." Porém ele ficaria muito surpreso se alguém o tivesse levado a sério, embora eu ouse dizer que, com suas maneiras perfeitas, ele teria escondido a surpresa. Não é verdade, lady Slane?

Sem esperar a confirmação, ele continuou:

— No entanto, nessa ocasião, alguém acreditou na palavra dele. Eu acreditei. Ele disse: "O senhor é um antiquário, FitzGeorge — antiquário para ele era um termo vago —, o senhor é uma raridade e não tem pressa. Por que não vem conosco para Fatihpur Sikhri?"

O quebra-cabeça fragmentado na mente de lady Slane se reorganizou de repente, tomando forma. As notas mal-ouvidas se recompuseram em sua melodia. Ela estava novamente no terraço da cidade indiana deserta, olhando através da paisagem marrom, onde nuvens de poeira crescente marcavam em intervalos a estrada para Agra. Ela apoiou os braços no parapeito quente e girou lentamente sua sombrinha. Girou-a porque estava um pouco desconfortável. Ela e o jovem ao seu lado estavam isolados do resto do mundo. O vice-rei estava longe deles, inspecionando a mesquita de madrepérola, acompanhado por um grupo de oficiais em uniformes brancos e capacetes estilo safári; ele apontando com seu bastão e dizendo que as pombas deveriam ser retiradas de debaixo dos beirais. O jovem ao lado de lady Slane disse suavemente que era uma pena que as pombas fossem condenadas, pois se uma cidade fosse abandonada pelo homem, por que as pombas não a herdariam? As pombas, os macacos e os papagaios, ele continuou, enquanto um bando de periquitos verde-jade passava por eles, brigando no ar; olhe para a plumagem verde deles contra essas paredes de damasco, ele acrescentou, levantando a cabeça, enquanto o bando girava novamente como um punhado de esmeraldas sopradas pela Casa do Poeta. Havia algo incomum, ele disse, em uma cidade de mesquitas, palácios e cortes, habitada somente por pássaros e animais. Ele gostaria de ver um tigre subindo os degraus de Akbar, e uma cobra enrolando seu comprimento ordenadamente na Câmara do Conselho. Eles seriam mais apropriados para a cidade vermelha, pensava ele, do que homens de botas e chapéus solares. Lady Slane, mantendo um ouvido atento para observar os movimentos do vice-rei e seu grupo, sorriu para suas fantasias e disse que o sr. FitzGeorge era um romântico.

Sr. FitzGeorge. O nome voltara à sua mente. Não era de surpreender que, entre tantos milhares de nomes, ela o tivesse esquecido. Porém se lembrava agora, assim como se lembrava do olhar que ele lhe dera quando zombara dele. Era mais do que um olhar, era um momento que ele criava, enquanto segurava os olhos dela e os enchia com todas as implicações que ele não ousava, ou não queria, falar. Ela sentira como se estivesse nua diante dele.

— Sim — ele disse, observando-a através do fogo em Hampstead —, a senhora estava certa: eu *era* um romântico.

Ela ficou surpresa ao ouvi-lo se juntar audivelmente às suas lembranças. O momento, então, tivera igual importância, igual intensidade, para ele e para ela? Sua importância realmente a perturbara e, por um tempo, a deixara mais inquieta do que poderia admitir. Sua lealdade a Henry era impecável, mas, após a partida de FitzGeorge - à época, o jovem viajante perdido cujo nome sua consciência mal registrara -, ela sentira como se alguém tivesse explodido uma carga de dinamite em seu porão mais secreto. Alguém, com um olhar, descobrira o caminho para uma câmara que ela mantinha escondida até de si mesma. Ele cometera a suprema audácia de olhar para sua alma.

— Foi estranho, não foi? — ele disse, ainda observando-a.

— E depois que o senhor nos deixou em Agra — falou lady Slane em tom de conversa, não querendo admitir que ele a havia abalado —, o que o senhor fez?

— Subi até a Caxemira — disse o sr. FitzGeorge, recostando-se na cadeira e juntando as pontas dos dedos. — Subi o rio por quinze dias em uma casa flutuante. Tive muito tempo para pensar e, enquanto contemplava os lagos repletos de lótus rosa, pensei em uma jovem mulher de vestido branco, tão dedicada, tão admiravelmente treinada e tão selvagem por dentro. Eu costumava me gabar de, por um minuto, ter chegado perto dela, e então me lembrei de como, depois de um olhar, ela se virou e caminhou em direção ao marido. No entanto, se ela fez isso porque estava assustada, ou porque pretendia me repreender, nunca consegui decidir. Talvez ambos.

— Se ela estava assustada — disse lady Slane, surpreendendo-se e a FitzGeorge —, era consigo mesma, não com o senhor.

— Não me iludi pensando que fosse comigo. Sabia, mesmo naquela época, que não tinha charme para mulheres, especialmente para jovens adoráveis e nobres como a senhora. Eu não desejava isso — disse, olhando para ela com a maior ousadia que sua aparência absurda de solteirão permitiria.

— Claro que não desejava — retrucou lady Slane, respeitando o lampejo de orgulho ferido.

— Não — disse o sr. FitzGeorge, retrucando satisfeito. — Não desejava. E ainda assim, a senhora sabe — ele acrescentou, picado por alguma lembrança de uma nova honestidade —, embora eu nunca houvesse me apaixonado por uma mulher antes, e nunca tenha me apaixonado desde então, eu me apaixonei pela senhora em Fatihpur Sikhri. Acredito que, na verdade, realmente me apaixonei pela senhora naquele jantar ridículo em Calcutá. Caso contrário, eu não teria ido a Fatihpur Sikhri. Isso me tirou do meu caminho, e eu nunca saí do meu caminho por homem, mulher ou criança. Sou um egoísta completo, lady Slane; é melhor que saiba disso. Nada além de uma obra de arte poderia me tentar a sair do meu caminho. Na China, para onde fui depois da Caxemira, estava tão intoxicado pelas obras de arte que logo me esqueci da senhora.

Esse estranho, rude e imaturo cortejo criou uma mistura de sentimentos em lady Slane. Ofendeu sua lealdade a Henry. Perturbou sua paz na velhice. Reviveu as perplexidades de sua juventude. Chocou-a um pouco e a agradou mais do que chocou. Era a última coisa que ela esperava - ela, cujos dias agora eram feitos de retrospectivas e de uma única expectativa. Era como se o sr. FitzGeorge tivesse chegado com um propósito deliberado e malicioso de cometer violência em seu estado de espírito estabilizado.

— Mas, mesmo na China — continuou o sr. FitzGeorge —, ainda encontrei tempo para pensar na senhora e em lorde Slane. Vocês me pareciam mal combinados, como se poderia dizer de biscoitos, só que com biscoitos sempre se presume que é o contrário. Ao dizer que vocês eram mal combinados, não quero dizer que não faziam seu trabalho admiravelmente bem. Faziam-no. Tão admiravelmente que despertou minhas suspeitas. O que teria feito com sua vida, lady Slane, se não tivesse se casado com aquele charlatão encantador e desconcertante?

— Charlatão, sr. FitzGeorge?

— Oh, não, é claro que ele não era um charlatão de todo, pelo contrário, ele conseguiu ser um Primeiro-Ministro da Inglaterra nada desastroso durante cinco (segundo me disseram) anos difíceis. Quase todos os anos, por sinal, são difíceis. Talvez eu o tenha julgado mal. Mas a senhora admitirá que ele tinha limitações. Tinha mais charme do que qualquer homem que já conheci; e embora o charme valha em certa medida, chega um ponto além do qual nenhum homem razoável pode esperar ir. Ele ia além - muito além. Era bom demais para ser verdade. A senhora mesmo, lady Slane, deve ter sofrido muitas vezes com o charme dele.

A pergunta foi feita de tal forma que lady Slane quase a respondeu com sinceridade e inadvertidamente. O sr. FitzGeorge parecia realmente intrigado; e ainda assim, como se recordava, frequentemente observava Henry franzindo as sobrancelhas, atento a alguma questão humana que não poderia realmente interessá-lo, retraído como estava em um mundo onde os interesses humanos se encolhiam até a insignificância, e nada além de uma ambição fria e sardônica estava no cerne de sua mente, e se assim era Henry, então por que não o sr. FitzGeorge? Um era um estadista, o outro um conhecedor; ela não queria ser examinada como se fosse uma peça de arte da dinastia Tang, que poderia acabar sendo falsa. Observar Henry lhe ensinara uma lição que ela não esqueceria facilmente. Tinha sido terrível viver com alguém assim, e amá-lo, um ser tão charmoso, tão enganador e tão frio. Henry, ela descobriu de repente, fora um homem muito masculino; masculinidade, apesar de seu charme e sua cultura, era a tônica de seu caráter. Era do mundo mundano, apesar de todo o seu desprezo.

— Eu deveria ter sido pintora — disse lady Slane, respondendo à pergunta anterior.

— Ah! — respondeu o sr. FitzGeorge, com o alívio de um homem que finalmente alcançou o que queria. — Obrigado. Isso me dá a chave. Então a senhora era uma artista, não é mesmo, potencialmente? Contudo, sendo uma mulher, isso precisava ser deixado de lado. Entendo. Agora compreendo por que às vezes a senhora parecia tão trágica quando seu rosto estava em repouso. Lembro-me de olhá-la e pensar: Eis uma mulher cujo coração está partido.

— Meu caro sr. FitzGeorge! — exclamou lady Slane. — O senhor realmente não deve falar como se minha vida tivesse sido uma tragédia. Eu tinha tudo o que a maioria das mulheres cobiçaria: posição, conforto, filhos e um marido que eu amava. Não havia nada do que reclamar - nada.

— Exceto pelo fato de ter sido despojada da única coisa que lhe importava. Nada importa para um artista, exceto a realização de seu dom. Sabe disso tão bem quanto eu. Frustrado, ele cresce curvado, como uma árvore torcida em uma forma antinatural. Todo o significado sai da vida, e a vida se torna existência - um improviso. Encare isso, lady Slane. Seus filhos, seu marido, seu esplendor, não eram nada além de obstáculos que a mantinham longe de si mesma. Eles foram o que a senhora escolheu para substituir sua verdadeira vocação. Era jovem demais, suponho, para saber, mas quando escolheu essa vida, afastou-se da luz.

Lady Slane colocou a mão sobre os olhos. Ela não era mais forte o suficiente para suportar esse choque de denúncia. O sr. FitzGeorge, de repente inspirado como um pastor, havia derrubado sua placidez sem nenhuma piedade.

— Sim — ela disse fracamente. — Sei que o senhor está certo.

— Claro que estou certo. O velho Fitz pode ser uma figura cômica, mas ele retém algum senso de valores, e vejo que a senhora ofendeu um dos primeiros cânones do meu credo. Não é de se admirar que eu a repreenda.

— Não me repreenda mais — disse lady Slane, olhando para cima e sorrindo. — Garanto-lhe que, se fiz algo de errado, já paguei por isso. Também não deve culpar meu marido.

— Não o farei. Aos olhos dele, ele lhe deu tudo o que a senhora poderia desejar. Ele apenas a matou, só isso. Homens matam mulheres. A maioria das mulheres gosta de ser morta; assim me disseram. Sendo uma mulher, ouso dizer, até mesmo a senhora teve um certo prazer no processo. E agora, está com raiva de mim?

— Não — disse lady Slane. — Acho que na verdade é um alívio ter sido descoberta.

— Claro que percebe que a descobri em Fatihpur Sikhri, certo? Não em detalhes, é verdade, mas em princípio. Esta conversa é apenas uma continuação daquela que não tivemos à época.

Abalada como estava, lady Slane riu francamente. Sentiu-se imensamente grata ao ultrajante sr. FitzGeorge, que, agora que havia parado de repreendê-la, ficou olhando para ela com humor e afeição.

— Uma conversa interrompida por cinquenta anos — ela disse.

— E que agora nunca mais será retomada — ele falou com surpreendente tato, sabendo que ela poderia temer uma nova incursão de sua lâmina em sua ferida descoberta —; porém há coisas que precisam ser ditas, e esta foi uma delas. Agora podemos ser amigos.

Tendo assim delineado os contornos de sua amizade, o sr. FitzGeorge deu como certo que ela acolheria sua companhia. Chegava sem aviso, instalando-se no que rapidamente se tornou sua própria cadeira, provocava Genoux, que o adorava, mantinha discussões extravagantes com o sr. Bucktrout, impunha seus hábitos à casa, mas, ainda assim, ajustou-se perfeitamente aos modos de vida de lady Slane. Ele até a acompanhava em suas caminhadas lentas e trêmulas até o parque de Heath. Suas capas e seu chapéu quadrado tornaram-se objetos familiares movendo-se sob as árvores de inverno. Eles vagavam juntos, com passos hesitantes, frequentemente sentando-se em um banco, sem admitir um ao outro que estavam cansados, mas fingindo que desejavam admirar a vista. Quando a admiravam por tempo suficiente para se sentirem descansados, concordavam em se levantar e ir um pouco mais longe. Assim, eles reviveram memórias das pinturas de Constable e até visitaram a casa de Keats, aquela pequena caixa branca de tensões e tragédias, isolada entre os loureiros verde-escuros. Como fantasmas, eles murmuravam sobre o fantasma de Fanny Brawne e sobre a paixão que havia destruído o poeta; e o tempo todo ali, à espreita, virando a esquina, se escondia a paixão por lady Slane que poderia ter destruído o sr. FitzGeorge, se ele não tivesse sido um egoísta tão cauteloso (ao contrário do pobre Keats), apenas sábio o suficiente para não se deixar levar por um amor impossível pela jovem vice-rainha, e apenas insensato o suficiente para permanecer remotamente fiel por cinquenta anos.

Um dia, no parque Heath, ele a lembrou de um incidente que ela havia esquecido.

— A senhora se lembra — ele disse, e aquelas três palavras iniciais haviam se tornado tão familiares para eles que agora sorriam sempre que as usavam — que, no dia seguinte àquele jantar, eu voltei para o almoço?

— Jantar? — disse lady Slane vagamente, pois sua mente não funcionava mais com rapidez. — Que jantar?

— Em Calcutá — respondeu gentilmente, pois nunca ficava impaciente quando ela precisava ser instigada. — O vice-rei me convidou para almoçar quando aceitei encontrá-los em Fatihpur Sikhri. Ele disse que precisávamos combinar os detalhes. Cheguei bem cedo e a encontrei sozinha. Não exatamente sozinha, de todo modo. Kay estava com a senhora.

— Kay? — disse lady Slane. — Oh, mas certamente Kay não tinha nascido naquela época.

— Ele tinha dois meses de vida. Estava com a senhora no quarto, em seu berço. Não se lembra? A senhora ficou um tanto envergonhada por ter sido encontrada com seu bebê por um jovem estranho. No entanto, superou seu constrangimento imediatamente, lembro-me de admirar a simplicidade de suas maneiras, e me pediu para vê-lo. A senhora puxou a cortina do berço, e por sua causa, eu dei uma olhada naquela coisinha horrível, mas o que eu realmente olhei foi sua mão segurando a cortina. Era tão branca quanto a musselina, e manchada apenas com a cor de seus anéis.

— Estes anéis — disse lady Slane, tocando as saliências sob suas luvas pretas.

— Se a senhora diz. Uma vez eu disse a Kay que o tinha visto no berço — contou o sr. FitzGeorge, rindo. — Estava guardando essa piada contra ele há anos. Eu o surpreendi, posso lhe dizer. Porém não lhe dei nenhuma explicação. Até hoje ele não sabe. A menos que tenha lhe perguntado?

— Não, ele nunca me perguntou. E se tivesse me perguntado, eu não teria sido capaz de dizer a ele.

— Não, a gente se esquece, a gente se esquece — disse o sr. FitzGeorge, olhando para o Heath. — No entanto, há algumas coisas de que nunca se esquece. Lembro-me da sua mão na cortina, e lembro-me da sua expressão quando olhou para baixo, para aquela coisinha nova e desagradável que cresceu e virou Kay. Lembro-me da sensação distorcida que isso me causou, ter tropeçado na sua intimidade. Não durou muito. A senhora tocou o sino, e uma enfermeira veio e removeu Kay completo com seus móveis.

— O senhor é afeiçoado a Kay? — perguntou lady Slane.

— Afeiçoado? — surpreendeu-se o sr. FitzGeorge. — Bem, estou acostumado com ele. Sim, suponho que se possa dizer que me afeiçoei a ele. Nós nos entendemos bem o suficiente para deixar um ao outro em paz. Estamos acostumados um com o outro - digamos assim. Na nossa idade, qualquer outra coisa seria um incômodo.

A afeição, de fato, parecia algo remoto até mesmo para lady Slane. Ela tinha afeição pelo sr. FitzGeorge, supunha, e por Genoux, e pelo sr. Bucktrout, e, em menor grau, pelo sr. Gosheron, mas era uma afeição da qual toda angústia e agitação haviam se afastado. Assim como a vitalidade havia se afastado de seu antigo corpo. Toda emoção agora era algo crepuscular. Ela não podia descrever o sentimento como além de agradável quando passeava e se sentava no parque com o sr. FitzGeorge enquanto ele evocava memórias de uma época cuja luz, mesmo através daqueles véus, brilhava forte demais para seus olhos enfraquecidos.

Mesmo assim, o sr. FitzGeorge não havia contado a lady Slane toda a verdade. Ele não a havia lembrado de que, quando ele chegara naquele dia e a encontrara sozinha com Kay em seu berço em um canto da sala, ele também a encontrara ajoelhada no chão cercada por uma massa de flores. Na visão dele, recém-chegado da Inglaterra, a estação era inverno, no entanto, cortadas de um jardim indiano, rosas, esporinhas e ervilhas-de-cheiro estavam dispostas em pequenos montes ao redor dela. Copos transparentes cheios de água formavam pontos de luz, espalhados por todo o carpete. Ela olhara para ele, o visitante inesperado, pegando-a em uma atividade improvável para uma vice-rainha. Governantas ou jardineiros deveriam cumprir essa função com a qual ela mesma preferia lidar. Com os dedos pingando, ela olhara para cima, afastando o cabelo dos olhos. Mas ela afastara algo mais de seus olhos com o mesmo gesto: afastara deles a própria vida privada, e a substituíra pela cortesia superficial com a qual se levantara e, estendendo-lhe a mão, limpando-a primeiro em um pano, dissera: "Oh, sr. FitzGeorge" – ela sabia o nome dele então, temporariamente –, "perdoe-me, eu não tinha ideia de que era tão tarde."

Na St James's Street, as ausências frequentes do sr. FitzGeorge foram notadas. O próprio Kay Holland observou que Fitz agora estava menos disponível para jantar do que antes, embora a explicação estivesse além do mais remoto alcance de sua suspeita. Longe de aproximar-se da verdade, ele estava cheio de uma solicitude imerecida por seu velho amigo, imaginando se talvez a fadiga ou mesmo a má saúde o forçariam a ir para a cama cedo; mas seu relacionamento havia sido sempre fundamentado sobre uma égide tão cerimoniosa que Kay não podia se aventurar em nenhuma indagação. Ele conhecia os aposentos do sr. FitzGeorge e conseguia formar alguma ideia de como o velho cavalheiro vivia; conseguia, de fato, imaginá-lo arrastando os pés de roupão e chinelos entre a desordem de suas incomparáveis obras de arte, dissolvendo um cubo de caldo para o jantar sobre o fogão a gás, economizando a luz elétrica para que uma única lâmpada iluminasse a pequena figura vestida de Jaeger e tocasse a douração nas molduras empilhadas – ou será que ele recorria a uma ponta de vela enfiada em uma garrafa? Kay tinha certeza de que o sr. FitzGeorge não se alimentava o suficiente, nem seria muito saudável viver em meio a tanta poeira nos baixos e superlotados cômodos onde uma diarista tinha permissão apenas para o mínimo de serviço. Como o próprio Fitz conseguia emergir apresentável e bem cuidado dessa confusão sórdida era um mistério para Kay, que dedicava grande parte do seu tempo a manter seu próprio entorno o mais limpo e reluzente possível. Não existia solteirona que, de fato, pudesse estar mais orgulhosa de sua casa do que Kay Holland quando supervisionava sua limpeza anual de primavera. Lavando, com as mangas da camisa arregaçadas, seus tesouros mais frágeis com as próprias mãos em uma bacia de água. Mas o velho Fitz! Kay supôs que aqueles dois cômodos nunca tinham sido arrumados desde que Fitz se mudara para eles, há incontáveis anos; era como um ninho de pássaro sob os beirais da Bernard Street, repleto da acumulação trazida para dentro, parte por parte; despejada sobre uma cadeira ou no chão, quando as cadeiras cediam, enfiada em uma gaveta, amontoada em um armário que não fechava mais; nunca tocada, nunca espanada, exceto quando o sr. FitzGeorge, consentindo em revelar suas obras-primas a algum visitante, soprava o revestimento sujo e levantava a pintura, o bronze ou a escultura, aproximando-a da luz.

E agora Fitz raramente era visto. Quando entrava no clube, ele parecia o mesmo de sempre e as dúvidas de Kay diminuíam; na verdade, parecia um pouco mais animado do que antes, abusando de Kay com mais entusiasmo, um brilho nos olhos como se estivesse desfrutando de uma piada secreta. E de fato estava.

Kay permanecia ali, aquecido e feliz. Ninguém nunca havia zombado dele como FitzGeorge zombava. Contudo, embora Kay ansiasse por voltar àquela conversa sobre ter sido visto em seu berço, a timidez e o hábito o proibiam.

Fitz, no entanto, havia parado de pedir para ser apresentado a lady Slane, para grande alívio de Kay. Ele tinha certeza de que sua mãe não acolheria de forma alguma a chegada de um estranho em seu retiro em Hampstead. Ele se lisonjeava, de fato, de sua percepção sobre o assunto e da habilidade que havia demonstrado em afastar o velho Fitz. No entanto, de vez em quando, sentia um remorso: talvez tivesse sido um tanto excessivamente severo ao desencorajar a única tentativa de Fitz de fazer uma nova amizade? Devia ter custado a Fitz um grande esforço fazer a sugestão; um esforço ainda maior para renová-la. Ainda assim, seu primeiro dever era para com sua mãe. Nem Carrie, nem Herbert, nem Charles conseguiam entender o desejo de retiro de sua mãe, mas ele, Kay, entendia. Era, portanto, seu dever protegê-la em seu desejo. Ele a protegera – embora geralmente ficasse intimidado por Fitz – e, graças à sua reticência, o amigo aparentemente se esquecera completamente do capricho. Kay pensou que deveria ir ver a mãe um dia desses e dizer a ela o quão inteligente ele tinha sido.

Continuou adiando a visita, no entanto, pois o clima de janeiro era terrivelmente frio, e Kay, que amava o calor e o aconchego tanto quanto um gato, facilmente se convenceu de que estações de metrô com correntes de ar não eram lugar para uma pessoa sensível como ele em uma idade avançada. Bem agasalhado com um sobretudo e um cachecol, ele mal conseguia encarar a caminhada de seus aposentos no distrito de Temple, atravessando a Fountain Court, passando por pombos gordos demais para saírem de seu caminho, descendo os degraus até o Embankment, subindo a Northumberland Avenue e então cruzando o parque até a St James's Street, seu destino diário, mas não se aventuraria a ir além disso. Ele caminhava não apenas para se exercitar, mas porque tinha uma viva sensação da presença de micróbios em todos os meios de transporte públicos;

um micróbio, para ele, era um horror ainda maior do que um réptil; raramente passava o dia sem se imaginar vítima de pelo menos uma doença mortal, e nunca bebia uma xícara de chá sem se lembrar, agradecido, de que a água havia sido fervida a ponto de se tornar imune. Por isso, recebia bem um dia de chuva ou granizo, o que lhe dava um pretexto para permanecer dentro de casa. Ele acalmou sua consciência escrevendo pequenos bilhetes cordiais para sua mãe, dizendo que estava resfriado, que sabia que havia uma grande incidência de gripe, e que esperava que Genoux estivesse cuidando bem dela. De qualquer forma, pensou, no primeiro dia bom deveria ir a Hampstead e contar a sua mãe sobre FitzGeorge. Ela se divertiria. Ficaria grata.

Kay, porém, como muitos homens mais sábios, adiou seu plano um pouco demais. Ele havia se esquecido dos vinte e cinco anos que o sr. FitzGeorge tinha a mais do que ele. Oitenta e um não era uma idade que permitisse brincar com o tempo. Aos vinte, trinta, quarenta, cinquenta, sessenta, alguém poderia razoavelmente dizer: vou adiar isso até o próximo verão – embora, com certeza, mesmo aos vinte, os perigos inesperados da vida estivessem sempre presentes –, mas, aos oitenta e um, tais adiamentos se tornam uma mera provocação diante do Destino. Aquilo que havia sido um perigo inesperado e improvável em anos anteriores, aumentava para uma certeza depois dos oitenta. Os padrões de Kay talvez tenham sido distorcidos pela longevidade de sua própria família. Certamente, a morte de FitzGeorge chegou a ele como um choque que recebeu com incredulidade e ressentimento.

A primeira indicação que teve disso apareceu nos cartazes: MORTE DE MEMBRO DO CLUBE DO WEST END. Ele registrou essa notícia inconscientemente, enquanto caminhava pelo Embankment e virava na Northumberland Avenue a caminho do almoço; não significava mais para ele do que a notícia de um ônibus subindo a calçada em Brixton. Um pouco adiante, viu outros cartazes, edição do meio-dia: MILIONÁRIO SOLITÁRIO MORRE NO WEST END. Se o pensamento de FitzGeorge passou por sua mente, ele o descartou; pois Bernard Street, mesmo por um jornalista, dificilmente poderia ser descrita como West End. Kay não tinha experiência com o jornalismo da Fleet Street. Ainda assim, ele comprou um jornal. Cruzou o parque, notando que as flores de açafrão começavam a mostrar suas pontas verdes acima do solo. Assim como fizera mil vezes. Sereno, entrou no Boodle's e pediu sua garrafa de água mineral de Vichy, desdobrou seu guardanapo, apoiou o *Evening Standard* diante de si e começou seu almoço - uma carne assada com picles. Ele não precisava dizer ao garçom o que queria, tão regular e recorrente era a vida diária. Lá estava, na segunda coluna da primeira página: FREQUENTADOR DE CLUBE DO WEST END ENCONTRADO MORTO: A ESTRANHA HISTÓRIA DE VIDA DE UM RECLUSO MILIONÁRIO REVELADA. (Mesmo assim, ocorreu a Kay se perguntar como alguém poderia ser um frequentador de clube e recluso). Então o nome lhe saltou aos olhos: sr. FitzGeorge...

Ele largou a faca e o garfo com um estrondo no prato, de modo que os outros comensais, que se admiravam da impassibilidade de Kay Holland, levantaram a cabeça e sussurraram: "Ah, ele ouviu!". Quiseram dizer leu, em lugar de ouviu. Mas, de fato, com alguma justiça, eles poderiam dizer ouviu, já que o nome impresso gritou para Kay alto o suficiente para ensurdecê-lo. Sentiu como se alguém tivesse lhe dado um tapa na orelha.

— Fitz morto? — ele disse ao homem na mesa ao lado; um homem que ele não conhecia, exceto de vista pelos últimos vinte anos, e para quem costumava acenar.

Então, sem saber como havia chegado lá, exceto por alguma vaga lembrança de ter enfiado a mão nos bolsos para pagar o táxi, ele se viu na Bernard Street, subindo as escadas para os aposentos de Fitz. A porta estava arrombada - esmagada - estilhaçada - e a polícia estava lá, dois jovens grandes, pomposos e apologéticos, muito educados e prestativos com Kay, quando souberam seu nome. Fitz também estava lá, deitado em sua cama em seu roupão Jaeger, curiosamente rígido. Na mesa havia uma sardinha e meia, um pedaço de torrada meio comido e os restos de um ovo cozido, tão pouco apetitosos quanto só os restos frios de um ovo cozido podem ser. Ele usava uma touca de dormir, o que foi uma surpresa para Kay, uma touca de dormir com uma borla lateral. Ele parecia praticamente o mesmo de como havia sido em vida, exceto que parecia completamente diferente. Era difícil dizer onde estava a diferença; a rigidez dificilmente poderia explicá-la; talvez pudesse ser atribuída à sensação de culpa de espionar o velho Fitz, de pegá-lo paralisado em um momento até então invisível a todos os olhos, o momento do chinelo, o momento da touca de dormir, o momento em que as três últimas sardinhas foram tiradas do armário.

— Não devemos removê-lo, senhor — disse um dos jovens policiais, alerta para que Kay não se aproximasse demais e tocasse seu amigo —, antes que os médicos estejam totalmente satisfeitos.

Kay encolheu-se em direção à janela, contrastando essa morte com a de seu próprio pai. Eles realmente escolheram caminhos muito diferentes na vida. Fitz desprezara o mundo, vivera de maneira secreta e privada, encontrando seus prazeres dentro de si mesmo, não se traindo a ninguém. Apenas uma vez Kay o havia visto agitado, quando algum jornal publicara um artigo sobre os excêntricos de Londres. "Deus!", ele havia dito, "é excêntrico manter-se isolado?" Ele tinha ficado furioso com a inclusão de seu próprio nome. Não conseguia ver razão para a curiosidade comumente demonstrada pelas pessoas sobre outras pessoas; parecia-lhe vulgar, chato e desnecessário. Tudo o que ele pedia era para ser deixado em paz; não tinha desejo algum de interferir no funcionamento do mundo; simplesmente queria viver isolado, dentro do mundo que escolhera, absorto em suas posses e sua beleza. Essa era sua forma de espiritualidade, sua forma de contemplação. Assim, a solidão de sua morte não carregava nenhum *pathos*, pois estava de acordo com o que ele escolhera.

Isso, no entanto, preocupou os agentes da lei e do Estado. Eles invadiram seu quarto, enquanto Kay permanecia desolado perto da janela, tocando as cortinas sujas. Este cavalheiro, disseram, olhando para a figura rígida e silenciosa, fora extremamente rico. Na verdade, foi relatado que sua fortuna havia chegado a sete dígitos. E embora estivessem acostumados a lidar com a morte solitária de indigentes, nenhum precedente lhes dizia como lidar com a morte solitária de um milionário. Ele devia ter *alguns* parentes, disseram, olhando para Kay como se este fosse o culpado. Mas Kay disse que não, até onde sabia, o sr. FitzGeorge não tinha parentes, nenhuma ligação com ninguém na Terra.

— Fique — acrescentou —, o Museu de South Kensington pode lhe contar algo sobre ele.

Diante disso, o inspetor deu uma gargalhada, e então colocou a mão sobre a boca, lembrando-se de que estava em uma câmara mortuária.

— Um museu! — respondeu.

Bem, essa era uma fonte de informação bem melancólica à qual se recorrer sobre um homem depois que ele estava morto. O inspetor, sem dúvida, tinha uma esposa confortável, fileiras de crianças turbulentas e vasos de gerânio vermelho no parapeito da janela. Na verdade, ele disse, o sr. Holland não estava tão longe da verdade quando mencionou o Museu. Se não fosse pelo Museu, ele, o inspetor e seus subordinados não estariam lá de forma alguma. A presença da polícia era muito irregular onde não havia qualquer indício de assassinato ou suicídio. Somente graças ao Museu ter telefonado para a Scotland Yard em um "estado", como o inspetor descreveu, foi que a Scotland Yard enviou a polícia para a Bernard Street para vigiar objetos valiosos que poderiam se tornar um legado para a nação. Por mais que o inspetor claramente desdenhasse os objetos, reagiu com apreço instantâneo à palavra valiosos. No entanto, o sr. Holland não poderia sugerir algo um pouco mais humano do que um museu? O sr. Holland não poderia. Ele sugeriu com pouco entusiasmo que eles poderiam procurar o Sr. FitzGeorge no *Who's Who*.[12]

---

[12] *Who's Who* é uma publicação de referência que lista os nomes e biografias breves de pessoas proeminentes em várias áreas, originado na Inglaterra.

— Bem — disse o inspetor, pegando um caderno e voltando aos negócios —, quem era o pai dele, afinal? Mantenham esses repórteres longe! — acrescentou, com raiva, dirigindo-se a seus dois subordinados.

— Ele nunca teve um pai — disse Kay, sentindo-se como um coelho enredado e desejando nunca ter chegado perto da Bernard Street para ser intimidado pelos oficiais da lei. Ele tinha, além disso, uma suspeita de que o inspetor estava excedendo seus deveres no interesse de sua curiosidade ao investigar assim os antecedentes do milionário morto.

O inspetor olhou fixamente, e uma piada brilhou em seus olhos, mas devido ao seu sentimento de superioridade, ele a suprimiu.

— A mãe, então? — ele disse, sugerindo que, embora um homem pudesse ter dispensado um pai, dificilmente poderia dispensar uma mãe.

Kay, no entanto, havia ultrapassado o limite de tais implicações; ele apenas conseguia ver FitzGeorge como uma figura isolada, lutando para manter sua independência.

— Ele nunca teve uma mãe também — respondeu.

— Então *o que* ele tinha? — perguntou o inspetor, olhando para seus subordinados com uma expressão que resumia Kay em uma única palavra: louco.

Kay ficou tentado a responder, Uma vida privada; porque se sentia um pouco tonto, e a discrepância entre FitzGeorge e o inspetor, com tudo o que o este representava, era quase demais para ele; mas acabou cedendo e, apontando para a confusão de obras de arte que entulhavam a sala, disse:

— Isso!

— Isso não é o suficiente — disse o inspetor.

— Era o suficiente para ele — falou Kay.

— Essa tralha? — questionou o inspetor.

Kay ficou em silêncio.

Um dos policiais se aproximou e sussurrou, mostrando um cartão ao inspetor.

— Tudo bem — disse o inspetor, depois de olhar o cartão —, deixe-o entrar.

— Há muitos repórteres lá embaixo também, senhor.

— Mantenha-os fora, já falei.

— Eles dizem que só querem dar uma olhada na sala, senhor.

— Bem, não podem olhar. Diga a eles que não há nada para ver.

— Muito bem, senhor.

— Só muita tralha.

— Muito bem, senhor.

— Façam entrar o cavalheiro do Museu. Ninguém mais. Parece — disse o inspetor, virando-se para Kay — que estávamos certos sobre este Museu aqui. Aqui está ele, surgindo como se fosse um tio do cadáver. Sem demora. — Passou o cartão para Kay, que leu: sr. Christopher Foljambe, Victoria and Albert Museum.

Um jovem de chapéu-coco, sobretudo azul, luvas de pelica e óculos de aro de tartaruga entrou. Ele lançou um olhar para o sr. FitzGeorge e então desviou os olhos, que vagaram sobre a desordem na sala, avaliando, enquanto falava com o inspetor. Sua atitude, no entanto, diferia da deste, pois, de vez em quando, seus olhos se iluminavam e sua mão começava um movimento predatório involuntário em direção a alguma pilha empoeirada, mas inestimável, sobre uma cadeira ou uma mesa. Ele, além disso, havia cumprimentado Kay Holland com deferência, aumentando assim o prestígio de Kay aos olhos do inspetor. Um museu, afinal, era uma instituição pública, autorizada de forma muito prática (embora escassa) por subsídios do Governo; e esse era o tipo de coisa que comandava, quase se poderia dizer que comprava, o respeito do inspetor. Ele tratava o sr. Foljambe com mais deferência do que havia demonstrado a Kay Holland. Pois em Kay ele não reconhecera o filho de um ex-primeiro-ministro, enquanto o sr. Foljambe havia enviado um cartão que dizia claramente: Victoria and Albert Museum.

O sr. Foljambe, para lhe fazer justiça, estava pouco à vontade. Ele havia sido despachado por seus superiores às pressas para ver se as coisas do velho Fitz estavam devidamente salvaguardadas. O Museu, graças às insinuações lançadas pelo velho Fitz ao longo dos últimos quarenta anos, considerava que poderia razoavelmente esperar ter um direito sobre seus possíveis legados. Kay Holland, novamente recuando para a janela e outra vez mexendo nas cortinas empoeiradas, deu ao inspetor e ao sr. Foljambe o crédito que lhes era devido. O inspetor tinha um dever a cumprir; e o sr. Foljambe havia sido despachado para um trabalho desagradável. O deleite do velho Fitz com uma nova descoberta, seu arrebato rabugento e contido por algum objeto adorável, pertenciam a um mundo diferente daquele da proteção prática de um homem morto, daquele interesse pelas disposições do homem morto. Kay conhecia o suficiente do mundo para perceber que devia ser assim. Mesmo em nome de seu amigo, ele não conseguia sentir nenhuma ironia real. O inspetor e o sr. Foljambe estavam agindo de acordo com as orientações. E o sr. Foljambe, especialmente, estava sendo muito decente a respeito.

— É claro, eu sei que não temos o direito de interferir — ele estava dizendo —, mas considerando o imenso valor da coleção, e considerando o fato de que o sr. FitzGeorge sempre nos deu a entender que ele legaria a maioria de seus bens à nação, meu museu previu que algumas medidas adequadas deveriam ser tomadas para a salvaguarda da propriedade. Fui instruído a dizer que, se vocês quisessem que um de nossos homens assumisse o comando, ele estaria à vossa disposição.

— Entendi o senhor dizer que a coleção era de imenso valor?

— Ela chega a milhões, eu diria — respondeu o sr. Foljambe com prazer.

— Bem... — disse o inspetor. — Eu mesmo não sei nada sobre essas coisas. O quarto me parece uma loja de penhores. Mas se o senhor diz, devo acreditar em sua palavra. O cavalheiro — ele apontou o polegar para o sr. FitzGeorge — parece não ter tido família, certo?

— Nenhuma da qual eu já tenha ouvido falar.

— Muito incomum, senhor. Muito incomum para um homem tão rico.

— Advogados? — sugeriu o sr. Foljambe.

— Nenhuma firma se apresentou até agora, senhor. No entanto, a notícia saiu na edição do meio-dia dos jornais; é verdade, não há telefone aqui — disse o inspetor, olhando em volta com repulsa. — Eles teriam que vir pessoalmente.

— O sr. FitzGeorge era um homem reservado.

— Assim entendo, senhor - um verdadeiro solitário, pode-se dizer. Eu mesmo não consigo entender; gosto de um pouco de companhia. Está tudo bem aqui em cima, senhor? — perguntou o inspetor, batendo na testa.

— Um pouco excêntrico talvez; nada mais.

— Poderia esperar-se que um cavalheiro desse tipo fosse um magistrado, ou algo assim, não é, senhor? Ter algum trabalho público, quero dizer; comitês hospitalares, coisas desse tipo.

— Não acho que o sr. FitzGeorge fosse muito voltado para o público — disse o sr. Foljambe, em um tom que fez Kay ficar em dúvida sobre se ele estava sendo simpático ou crítico. — Contudo — acrescentou —, eu não deveria dizer isso sobre um homem que pode deixar uma coleção tão inestimável para a nação.

— O senhor não sabe com certeza se ele fez isso — disse o inspetor.

O Sr. Foljambe deu de ombros.

— Suas insinuações foram bem claras. E se ele não a deixou para a nação, para quem ele poderia tê-la deixado? A menos que tenha lhe deixado tudo, sr. Holland — disse, virando-se para Kay, satisfeito com a própria piada.

Mas o sr. FitzGeorge não havia deixado sua coleção nem para a nação nem para Kay Holland. Ele tinha deixado tudo, incluindo toda a sua fortuna, para lady Slane. O testamento havia sido escrito em meia folha de papel, mas estava perfeitamente claro, perfeitamente em ordem, devidamente testemunhado e não deixava brechas para outra interpretação. Ele havia revogado um testamento anterior, no qual a fortuna seria destinada à caridade e a coleção seria dividida entre vários museus, a National Gallery e a Tate Gallery. Havia declarado expressamente que a posse de lady Slane seria absoluta, e que nenhuma obrigação lhe fora imposta quanto à disposição final.

Esta notícia foi tornada pública em meio à consternação geral. A raiva e o desânimo dos museus foram igualados apenas pelo espanto e alegria da própria família de lady Slane, que se reuniu de imediato e em peso em volta da mesa de chá de Carrie. Ela estava na posição forte e invejável de ter visto sua mãe naquela mesma tarde; de fato, ela havia corrido direto para Hampstead.

— Querida Mamãe — ela disse —, eu não poderia deixá-la sozinha com essa grande responsabilidade imposta a ela. Vocês sabem quão pouco preparada ela é para lidar com esse tipo de coisa.

— Mas como diabos — disse Herbert, particularmente explosivo naquele dia —, como diabos tudo isso aconteceu? Como ela conheceu esse homem FitzGeorge? E o que Kay teve a ver com isso? Sabemos que Kay e FitzGeorge eram amigos, nunca soubemos que Mamãe o conhecesse nem de vista. Nunca a ouvi mencionar seu nome.

A explosão de Herbert crepitava como fogo no mato.

— Era uma conspiração, era isso; e Kay estava por trás dela. Kay queria as coisas do velho para si. Bem, de qualquer forma, Kay foi bem enganado.

— Foi mesmo? — disse Charles. — Como sabemos que Kay não tem algum acordo particular com a Mamãe? Kay sempre se manteve afastado de nós; sempre achei que Kay poderia ser um pouco inescrupuloso.

— Ah, com certeza — começou Mabel.

— Fique quieta, Mabel — ordenou Herbert. — Concordo com Charles; certamente, Kay sempre foi um pouco o azarão. E Mamãe nunca disse nada a nenhum de nós sobre seu testamento.

— Até agora — começou Edith, que se juntou a seus parentes, embora se desprezasse por isso —, ela nunca teve nada para deixar.

A observação de Edith passou despercebida como sempre.

— Discordo de todos vocês — disse William, que era respeitado em sua família por ter a melhor compreensão das considerações práticas —; se Kay e a mãe tivessem tido um entendimento entre si, não teriam providenciado para que a fortuna desse FitzGeorge fosse primeiro para a mãe. Pensem nos impostos.

— Impostos *causa mortis*? — disse Edith, sem tato como sempre, proferindo a palavra desagradável.

— Meio milhão, pelo menos — informou William. — Não. Seria muito melhor que tudo tivesse ido direto para Kay.

— Mas a Mamãe é tão pouco prática — comentou Carrie com um suspiro.

— Tragicamente pouco prática — disse William. — Por que ela não consultou um de nós? Agora está feito — retomou mais filosoficamente —, e o que em nome dos Céus ela fará com tudo isso?

— Ela pareceu não se interessar — falou Carrie. — Encontrei-a lendo um livro enquanto Genoux dava restos de comida ao gato no canto. Não acredito que ela estivesse realmente lendo, pois quando perguntei o título, só para tentar puxar assunto, sabe, ela não conseguiu me dizer. Disse que era algo que Mudie tinha enviado, mas, como sabem, Mamãe sempre faz suas listas com muito cuidado e nunca delega nada a Mudie. Tive alguma dificuldade para entrar, porque, ao que parece, a casa tinha sido tão sitiada por jornalistas que Mamãe proibiu Genoux de atender a campainha. Tive que dar a volta no jardim e gritar "Mamãe!" por baixo da janela.

— Bem — disse Herbert, quando Carrie fez uma pausa —, e quando você entrou, que explicação ela lhe deu?

— Nenhuma. Ela conhecera esse FitzGeorge na Índia, ao que parece, e ele tinha ido visitá-la uma ou duas vezes recentemente. Foi o que ela me contou. Mas tenho certeza de que estava escondendo algo. Quando ela disse que FitzGeorge tinha ido visitá-la, Genoux, que estava por perto, começou a chorar e saiu do quarto. Ela pegou seu avental e começou a cheirá-lo. Enquanto saía, ela disse algo sobre "*Un si gentil monsieur*"[13]. Pelo que presumo que ele sempre devia dar-lhe uma gorjeta.

— E a Mamãe? Ela parecia chateada?

— Ela estava quieta — disse Carrie, após uma pausa deliberada. — Sim, de maneira geral, tenho certeza de que ela estava escondendo algo. Ficava tentando mudar de assunto. Como se alguém pudesse mudar de assunto! Ela não tinha visto os cartazes em Londres; isso era evidente. Mamãe querida, eu estava apenas tentando ajudá-la. Senti que era um pouco difícil ser tão mal compreendida. Ela parecia querer manter-me fora disso; manter-me à distância.

— Mas — disse Lavinia — o que alguém poderia querer esconder, na idade da sua mãe? Não...?

— Bem — falou Carrie —, nunca se sabe, não é?

— Não — disse Herbert —, não! Não acredito *nisso*! — ele falou com retidão, como chefe da família.

— Talvez não — disse Carrie, cedendo a ele. — Tenho certeza de que seu julgamento é o melhor, Herbert. E ainda assim, sabe, uma ideia muito estranha me ocorreu.

Todos se aproximaram para ouvir a ideia muito estranha de Carrie.

— Não, eu realmente não posso dizer isso — disse Carrie, encantada por ter despertado tanto interesse —; realmente não posso, nem mesmo aqui, onde sei que não iria mais longe.

— Carrie! — exclamou Herbert. — Sabe que sempre tivemos um pacto de que nunca começaríamos uma frase a menos que quiséssemos terminá-la.

— Quando éramos crianças — disse Carrie, mantendo sua relutância.

— Claro, se preferir não... — começou Herbert.

— Bem, se você insiste — falou Carrie. — O que me impressionou foi o seguinte. Nenhum de nós jamais soube da amizade de Mamãe com esse velho homem, esse tal FitzGeorge. Ela nunca o mencionou a nenhum de nós. Agora, acontece que

[13] Um senhor muito gentil.

ela o conheceu na Índia, mais ou menos na época em que Kay nasceu, talvez antes. E ele sempre se interessou por Kay. Então ele morre, deixando tudo para a Mamãe, não para Kay, é verdade. Mas isso não é motivo para que Mamãe não deixe tudo para Kay. E talvez ele sempre tenha querido que Kay a tivesse. Ele apenas quis dar um choque em Kay. Quem sabe se isso não pode ter sido um tipo de blefe? Velhos excêntricos como esse, sabem, sempre têm medo de escândalo.

— Porque sim... — disse Herbert.

— Exatamente. Porque sim.

— Oh, não, não! — falou Edith — É horrível, Carrie, é monstruoso. A Mamãe amava o Papai, ela nunca o teria enganado.

— Querida Edith! — comentou Carrie. — Tão ingênua! Vendo tudo em termos de preto ou branco!

Mas ela já se arrependia de ter falado na presença de Edith, que poderia traí-la para a mãe. Ela tinha os melhores motivos para desejar permanecer em bons termos com a mãe no momento.

Edith partiu indignada, deixando uma família unida para trás. Eles puxaram suas cadeiras um pouco mais para perto.

— E então — disse Carrie, continuando sua história —, um jovem chegou, um jovem muito desagradável, por sinal. Foljambe, de algum museu. Genoux se comportou de forma muito inadequada. Suponho que ele tenha dado a ela seu cartão, em vez de apenas dar seu nome; de qualquer forma, ela o anunciou como Monsieur Follejambe. Suspeito que ela fez isso de propósito. Porém logo vi que isso lhe serviu bem. Estava bem claro que ele e seu museu tinham planos para a herança da pobre Mamãe. Ele fingiu que tinha vindo com uma oferta de seu museu para abrigar a coleção se a Mamãe não tivesse espaço para ela. Mamãe, pela primeira vez, foi bastante sensata. Ela não faria promessas. Disse que não tinha decidido o que fazer. Ela olhou para Foljambe como se ele não estivesse ali. E então, é claro, Genoux entrou de repente, como sempre faz, perguntando se Mamãe preferia costeletas ou frango para o jantar. Frango, ela disse, era menos econômico, mas poderia servir para a refeição do dia seguinte. E a Mamãe com pelo menos oitenta mil por ano!

Lavinia gemeu.

— Mas a Mamãe foi tão reticente comigo quanto com o rapaz — Carrie prosseguiu. — Continuei assegurando a ela que eu só queria ajudar; todos vocês me conhecem bem o suficiente para acreditar que essa era a verdade simples. Ela, no entanto, olhou para mim tão vagamente quanto olhou para Foljambe. Parecia pensar em outra coisa o tempo todo. Memórias sentimentais, talvez — disse Carrie cruelmente. — Ela nem me pediu para ficar para o jantar, quando Genoux voltou para dizer que o frango estava quase pronto e que acabaria se estragando. Tive que ir embora com Foljambe finalmente, e, claro, tive que lhe oferecer uma carona no carro. Ele me disse que a coleção, além da fortuna, é estimada em alguns milhões.

— Pobre Papai — comentou Herbert —, pela primeira vez me sinto feliz por ele não estar mais vivo.

— Sim, isso é um grande conforto — afirmou Carrie. — Pobre Papai. Ele nunca soube.

Eles digeriram silenciosamente esse fato reconfortante.

— Mas — disse William, sempre prático, retomando a conversa —, o que a mãe fará com todas essas coisas, todo esse dinheiro? Oitenta mil por ano! E dois milhões ou mais aplicados em obras de arte! Ora, se ela as vendesse, teria cento e sessenta mil por ano, ou mais ainda, se ela investisse a cinco por cento. Como facilmente poderia fazer. — Sua voz tornou-se estridente, como sempre acontecia quando o assunto era dinheiro. — Nunca se sabe, com a Mamãe. Veja a maneira casual como ela se comportou com as joias. Ela parece não ter ideia de valor, nenhuma ideia de responsabilidade. Pelo que sabemos, pode ser que entregue toda a coleção para a nação.

O terror desceu sobre a família de lady Slane.

— Você não acredita nisso realmente, não é, William? Certamente, ela deve ter *algum* sentimento pelos filhos.

— Acredito nisso sim — disse William, exaltando-se. — Mamãe é como uma criança que trata rubis como se fossem pedrinhas. Ela nunca aprendeu; apenas vagou pela vida. Sabe que sempre sentimos tacitamente que Mamãe não era como as outras pessoas. Ninguém gosta de dizer esse tipo de coisa sobre a própria mãe, mas em momentos como este não podemos nos dar ao luxo de sermos delicados demais. A qualquer momento ela pode fazer algo errático, algo que faz alguém torcer as mãos em desespero. E ficamos impotentes. Impotentes!

— Bobagem, William — argumentou Carrie, sentindo que William estava dramatizando a situação. — Mamãe sempre foi receptiva à razão.

— Mesmo quando ela foi morar em Hampstead? — disse William melancolicamente. — Não posso concordar que pessoas que traçam uma nova linha para si mesmas na idade de Mamãe sejam receptivas à razão. Mesmo quando ela doou as joias daquele jeito ridículo? — Ele olhou para Mabel, que nervosamente tentou cobrir as pérolas com uma renda fina. — Não, Carrie. A Mamãe é uma pessoa que nunca teve os pés no chão. A terra do faz de conta - esse é o lar natural de Mamãe. E, infelizmente, ela se encontrou com outro morador: o sr. FitzGeorge.

— E quanto a Bucktrout? — falou Carrie.

— O quanto a ele, de fato? — questionou William. — Bucktrout pode muito bem induzi-la a passar toda a fortuna para ele. Pobre Mamãe - tão simplória, tão insensata. Uma presa. O que faremos?

Enquanto isso, o sr. Bucktrout chamou lady Slane para expressar suas condolências por aquela responsabilidade repentina.

— Veja, sr. Bucktrout — disse lady Slane, que parecia doente e preocupada —, o sr. FitzGeorge não poderia saber o que estava fazendo. Ele queria que eu aproveitasse suas coisas bonitas, percebo isso. Porém o que ele imaginou que eu poderia fazer com tanto dinheiro? Tenho o bastante para meus desejos. Conheci um milionário uma vez, sr. Bucktrout, e ele era o mais infeliz dos homens. Ele tinha tanto medo de ser assassinado que vivia cercado por detetives. Eram como ratos nas paredes. Ele não se permitia fazer um amigo, porque não conseguia afastar segundas intenções da cabeça. Quando alguém se sentava ao lado dele no jantar, ficava o tempo todo temendo que alguém acabasse pedindo-lhe que contribuísse com alguma instituição de caridade favorita. A maioria das pessoas não gostava dele. Eu gostava muito dele. Já vi muitos homens que desconfiavam dos outros porque farejavam segundas intenções, sr. Bucktrout, e não quero ser colocada na mesma posição. Parece absurdo que o sr. FitzGeorge, entre todos os homens, tenha me colocado nessa situação. Não acho que ele pudesse saber o que estava fazendo.

— Aos olhos do mundo, lady Slane, o sr. FitzGeorge lhe conferiu um enorme benefício.

— Eu sei, eu sei — disse lady Slane, profundamente preocupada e angustiada, e não desejando parecer ingrata.

Durante toda a sua vida, ela pensava, as pessoas lhe haviam conferido benefícios, benefícios que ela não cobiçava. Henry, ao torná-la primeiro uma vice-rainha, e depois uma anfitriã política, e agora FitzGeorge, ao encher sua vida tranquila de ouro e tesouros.

— Eu nunca quis nada, sr. Bucktrout — ela disse —, exceto ficar à parte. Uma das coisas, ao que parece, que o mundo não permite! Mesmo aos oitenta e oito anos.

— Mesmo o menor planeta — disse o sr. Bucktrout sentenciosamente — é compelido a girar em torno do Sol.

— Então isso quer dizer — perguntou lady Slane — que todos nós devemos, queiramos ou não, circular em torno de riqueza, posição, posses? Eu pensei que o sr. FitzGeorge sabia melhor. *O senhor* não entende? — ela disse, apelando para o sr. Bucktrout em desespero. — Pensei que tinha escapado finalmente de todas essas coisas, e agora o sr. FitzGeorge, de todas as pessoas, me empurra de volta para o meio delas. O que devo fazer, sr. Bucktrout? O que devo fazer? Acredito que o sr. FitzGeorge colecionou coisas muito bonitas, mas não sei nada sobre essas coisas. Sempre preferi as obras de Deus às obras do homem. As obras de Deus, sempre senti, eram dadas livremente a qualquer um que pudesse apreciá-las, fosse milionário ou pobre, enquanto as obras do homem eram reservadas para os milionários. A menos que, de fato, as obras do homem fossem suficientes para o homem que as fez; então, não importaria qual milionário as comprasse depois de anos. Não que o sr. FitzGeorge — ela acrescentou — comprasse as obras do homem por seu valor. Ele era um artista em apreciação. Além disso, era um avarento. Longe de pagar o valor de mercado de uma obra de arte, divertia-o descobrir uma obra de arte por menos do que seu valor de mercado. Então ele sentia que a tinha obtido em termos de uma obra de Deus, e não de uma obra do homem, se é que o senhor me entende.

— Eu a entendo perfeitamente — disse o Sr. Bucktrout.

— Poucas pessoas fariam isso — falou lady Slane. — O senhor me encoraja a pensar que se compadece com minha posição como poucas pessoas se compadeceriam. Não quero todas essas coisas valiosas, por mais bonitas que sejam. Preocupar-me-ia pensar que eu tinha sobre minha lareira um Cellini de terracota, que Genoux certamente quebraria, limpando o pó uma manhã antes do café. Não, sr. Bucktrout. Eu preferiria subir até o Heath, se quiser algo para olhar, e admirar as árvores de Constable.

— Em vez de possuir um Constable? — perguntou o sr. Bucktrout astutamente. — Acredito que a coleção do sr. FitzGeorge inclui um Constable muito bom do Hampstead Heath.

— Bem — disse lady Slane, relaxando —, talvez eu possa ficar com ele.

— Mas quanto ao resto, lady Slane — quis saber o sr. Bucktrout —, excluindo algumas peças com as quais a senhora pode estar disposta a ficar por motivos pessoais, o que decidirá fazer?

— Dá-los — afirmou lady Slane, cansada, não energicamente. — Deixar a nação tê-los. Deixar que os hospitais fiquem com o dinheiro. Como o Sr. FitzGeorge pretendia inicialmente. Deixar que eu me livre de tudo isso. Apenas deixar que eu me livre disso! Ademais — acrescentou, com o toque ao qual o sr. Bucktrout estava acostumado —, pense em quanto vou irritar meus filhos!

Ele apreciou completamente a sutileza da brincadeira que lady Slane estava fazendo com seus filhos. Brincadeiras, em princípio, não divertiam o sr. Bucktrout; ele as descartava como sendo infantis e tolas; mas essa brincadeira em particular aguçou seu senso de humor. Ele tinha formado uma ideia astuta dos filhos de lady Slane, embora nunca os tivesse visto.

— Mas quando a senhora morrer — disse o sr. Bucktrout, com sua franqueza habitual —, seus obituários apontarão para a senhora como benfeitora desinteressada do público.

— Eu não estarei para lê-los — falou lady Slane, que havia aprendido o suficiente com os obituários de lorde Slane sobre as possibilidades de falsa interpretação.

O sr. Bucktrout foi embora genuinamente preocupado com a perplexidade de sua velha amiga. Nunca lhe ocorrera que a maioria das pessoas consideraria os arrependimentos melancólicos de lady Slane como arrependimentos muito peculiares, de fato. Ele simplesmente aceitou o fato de que lady Slane discordava dos valores costumeiros do mundo e, consequentemente, parecia-lhe natural que ela ressentisse ter que lidar com eles sendo-lhe constantemente impostos. Além disso, ele agora sabia tudo sobre suas ambições iniciais e a completa discrepância em relação à sua vida real. O sr. Bucktrout, embora simples em muitos aspectos - a maioria das pessoas o achava um pouco louco -, também era dotado de uma sabedoria direta e imparcial própria: ele sabia que os padrões devem ser alterados para se adequarem às circunstâncias, e que era absurdo, embora usual, esperar que as circunstâncias se ajustassem a padrões prontos. Lady Slane, portanto, em sua opinião, merecia tanta simpatia na frustração de sua vida quanto um atleta acometido de paralisia. Era uma visão não convencional a ser tomada, sem dúvida, mas o sr. Bucktrout nunca questionou sua correção.

Genoux, no entanto, ficou horrorizada quando ouviu o que lady Slane propôs fazer. Sua alma francesa ficou chocada. Por alguns dias, ela havia andado no ar e, para celebrar esse súbito e inacreditável acréscimo de riqueza, comprou alguns pedaços extras de peixe para o gato. Suas ideias sobre a fortuna legada a lady Slane - ela havia lido o valor nos jornais e contado os zeros nos dedos, fazendo a soma, incrédula, diversas vezes - eram curiosamente confusas: ela sabia muito bem o que era um milhão, o que eram dois milhões, mas na aplicação prática, ela decidiu apenas que agora poderia se aventurar a pedir a lady Slane pela faxineira três vezes por semana, em vez de duas. Até então, no interesse da economia, ela não se poupara nem mesmo quando seu reumatismo a deixava mais rígida do que o normal. Simplesmente dobrara suas camadas de papel pardo, colocara uma anágua extra e seguira com seus afazeres na esperança de alívio. Ela sabia que *miladi* não era rica e preferia sofrer a aumentar as despesas de *miladi*. No entanto, com a decisão de lady Slane, casualmente comunicada a ela uma noite quando veio remover a bandeja, todas as visões de extravagância futura desapareceram.

— *C'est pas possible, miladi!* — ela exclamou. — *Et moi qui pensais voir revenir nos plus beaux jours!*[14]

Genoux estava realmente em desespero. Além disso, ela tinha ficado encantada com a luz da publicidade voltada mais uma vez para lady Slane. Tanto os jornais diários quanto os jornais ilustrados semanais tinham ostentado a fotografia de lady Slane; as fotografias estavam muito desatualizadas, era verdade, já que nada recente estava disponível; elas tinham mostrado lady Slane como vice-rainha, como embaixatriz, jovem, enfeitada com joias, em vestido de noite, uma tiara coroando seu penteado elaborado, sentada sob uma palmeira; curiosamente antiquada; segurando um livro aberto que não estava lendo; cercada por seus filhos, Herbert em seu terno de marinheiro,

[14] Não é possível, milady! — ela exclamou. — E pensei que veríamos nossos melhores dias voltarem!

Carrie em seu vestido de festa – como Genoux se lembrava bem disso! –, inclinando-se afetuosamente sobre os ombros de sua mãe, olhando para o bebê – era Charles? era William? –, ela o apoiava em seu joelho. Um jornal até, aceitando a impossibilidade de obter uma fotografia atual de lady Slane, lidara com ousadia com uma situação difícil da melhor maneira possível e reproduzira uma fotografia tirada em seu vestido de noiva setenta anos atrás. A foto complementar era de lorde Slane em calças de montaria, rifle na mão, um pé apoiado em um tigre. Essas coisas, das quais lady Slane tão inexplicavelmente não gostava, satisfaziam o senso de aptidão de Genoux. Longe dela ditar o que *miladi* deveria ou não fazer ou gostar, ela disse, mas *miladi* havia considerado sua posição e o que era devido a ela? *Miladi*, que estava acostumada a todos aqueles oficiais de campo, a todos aqueles servos – "*que ce n'était que des esclaves*"[15] –, todos aqueles auxiliares, prontos para correr a qualquer momento com um bilhete ou uma mensagem?

— *Dans ce temps-là, miladi était au moins bien servie.*[16] — Então, em meio ao seu desespero, um pensamento ocorreu a Genoux, que a fez dobrar-se de repente e esfregar as mãos para cima e para baixo nas coxas. — *Ah, mon Dieu, miladi, c'est Lady Charlotte qui va être contente! Et Monsieur William, done! Ah, la belle plaisanterie!*[17]

Lady Slane estava solitária, agora que o sr. FitzGeorge tinha ido embora. A excitação despertada por seu presente para a nação e o frenesi exibido por seus próprios filhos passaram por ela sem causar muita impressão. Ela proibiu Genoux de trazer um jornal para dentro de casa até que as manchetes tivessem diminuído para um mero parágrafo, e ela se recusou a ver qualquer

---

[15] que eram apenas escravos

[16] Naquela época, milady estava pelo menos bem servida.

[17] Ah, meu Deus, milady! Lady Charlotte quem vai ficar feliz! E o sr. William, é isso! Ah, que ótima piada!

um de seus filhos até que eles consentissem em tratar o assunto como se nunca tivesse acontecido. Carrie escreveu uma carta cuidadosamente composta e digna; algumas semanas, possivelmente até alguns meses, deveriam se passar, ela disse, antes que essa terrível ferida pudesse sarar o suficiente para permitir que ela observasse a condição de silêncio de sua mãe. Até lá, ela não poderia confiar em si mesma. Quando se recuperasse um pouco, escreveria novamente. Enquanto isso, estava claro que lady Slane deveria se considerar na mais terrível desgraça.

Mas, embora isso a tenha deixado impassível, e embora, graças a Kay e ao sr. Bucktrout, ela tivesse tido pouquíssimos problemas com as autoridades, além de anexar sua assinatura a alguns documentos, ela se sentia cansada e esvaziada de espírito agora. Sua amizade com FitzGeorge tinha sido estranha e adorável – a última coisa estranha e adorável que provavelmente aconteceria com ela. Ela não desejava mais nada. Desejava apenas paz e deixar de lado a irritação.

De vez em quando, ela se deparava com alusões à sua família nos jornais. Carrie tinha aberto um bazar. A neta de Carrie estava participando de uma matinê beneficente. Charles tinha conseguido colocar uma de suas cartas no *The Times*. Richard – o neto mais velho de Herbert – havia vencido uma corrida ponto a ponto. Deborah, irmã de Richard, tinha se tornado a noiva mais adequada do filho mais velho de um duque. O próprio Herbert havia proferido um discurso na Câmara dos Lordes. Havia rumores de que o próximo cargo vago de governador-geral seria concedido a ele. Como deveria ser, ele tinha recebido o K.C.M.G. na Cerimônia das Honras de Ano Novo... Da imensa distância de seus anos, lady Slane contemplou esses acontecimentos, minúsculos e distantes, trazendo consigo algum eco dos eventos misturados com sua própria vida.

— Quão cansativo, monótono, rançoso e inútil — ela disse a si mesma, descendo cuidadosamente as escadas com a ajuda de uma bengala e do corrimão, e se perguntando por que, no fim da vida, alguém deveria se dar ao trabalho de ler qualquer coisa que não fosse Shakespeare; ou, na verdade, no começo da vida, já que ele parecia ter entendido tanto a exuberância quanto a maturidade. No entanto, era somente na maturidade, talvez, que alguém podia apreciar plenamente sua compreensão mais profunda.

Ela olhou para aquele grupo de pessoas, frutos de suas próprias entranhas, e as viu em pleno curso ou então começando suas jornadas. A jovem Deborah, ela supôs, estava feliz em seu noivado, e o jovem Richard sentia-se transbordar de vida enquanto cavalgava pelo campo. Ela sorriu com ternura ao pensar nas duas jovens criaturas. Mas elas endureceriam, pensou, elas endureceriam quando sua juventude calorosa esfriasse, tornar-se-iam mundanas, egoístas. A generosidade precipitada da juventude seria substituída pela prudência da meia-idade. Não haveria batalha para elas, nenhuma luta em suas almas. Elas simplesmente se firmariam nos moldes que lhes foram preparados. Lady Slane suspirou ao pensar que ela era responsável, ainda que indiretamente, por sua existência. A longa e cansada serpente da posteridade fluía para longe dela. Ela sentia mal o coração pesado, e ansiava apenas pela libertação.

Ainda assim, ela fez algo inexplicável. Depois de tê-lo feito – depois de ter escrito a carta, selá-la e entregá-la à Genoux para postar –, ela olhou para trás, para sua ação, e decidiu que tinha agido em transe. Não conseguia dizer que impulso a havia movido, que estranho desejo a havia puxado para recriar um elo com a vida que ela tinha abjurado. Talvez sua solidão fosse maior do que qualquer coragem humana poderia suportar; talvez ela tivesse superestimado sua própria fortaleza. Somente uma alma muito forte poderia ficar sozinha. Seja como for, ela havia escrito para uma agência que fazia recortes de imprensa com a instrução de que quaisquer referências à sua própria família deveriam ser fornecidas a ela. Em particular, sabia que queria apenas as referências aos seus bisnetos. Ela se importava muito pouco com o que aconteceria com Carrie, Herbert, Charles e William; o caminho que eles seguiram e continuariam a seguir estava claramente marcado, sem oferecer surpresas, nem delícias. Porém, mesmo em seu transe, ela evitou trair-se aos olhos de uma agência qualquer em Holborn: disfarçou seu desejo real sob a extravagância de uma ordem geral. Quando os pequenos pacotes verdes começaram a chegar, no entanto, todas as referências aos seus próprios filhos foram direto para a cesta de lixo, e apenas referências aos seus bisnetos foram coladas com muito cuidado por lady Slane em um álbum comprado na papelaria da esquina.

Ela obtinha um prazer extraordinário com aquela nova ocupação, realizada todas as noites sob a sombra da lâmpada rosa. Todas as noites, pois, percebendo que um novo suprimento não chegaria mais do que duas ou três vezes por semana, economizava seu pequeno estoque e dava-se ao luxo de colar apenas uma proporção dos recortes todos os dias, para que um ou dois sempre pudessem sobrar para o dia seguinte. Felizmente, dos bisnetos de lady Slane, dois eram adultos e suas atividades eram múltiplas. Eles estavam, de fato, entre os jovens proeminentes da época e nas colunas de fofocas tinham relevância jornalística. Gastou muitas horas agradáveis construindo seus personagens e personalidades a partir desses fragmentos, reforçados por seu conhecimento prévio deles; uma recreação para sua bisavó que as próprias crianças ignoravam totalmente, uma ignorância que aumentava de maneira considerável o prazer meio travesso, meio sentimental de lady Slane, pois o prazer para ela era inteiramente um assunto privado, uma piada secreta, intensa, perfumada, mas tão facilmente machucada quanto as pétalas de uma gardênia. Apenas Genoux sabia de sua ocupação noturna, mas Genoux não era uma intrusa, sendo tão parte de lady Slane quanto suas botas ou sua bolsa de água quente, ou como o gato John, que se sentava amontoado com incomparável limpeza e dignidade diante do fogo. Genoux de fato compartilhava o interesse de lady Slane pelos jovens Holland, embora de um ponto de vista diferente. Ela foi rápida em adivinhar e acolher o interesse revigorante de *miladi*, e entrou apressadamente com um pacote verde assim que este atravessou a caixa de correio.

— *Voilà, miladi! c'est arrivé!*[18] — E ela ficava parada esperando enquanto lady Slane tirava o embrulho e revelava a impressão.

Eram fúteis o suficiente, Deus sabe, aqueles parágrafos. Caça ao tesouro em estações de metrô, um baile, uma festa, às vezes uma fotografia, de Richard em calções de montaria ou de Deborah representando a Rainha Mary da Escócia em um baile à fantasia. Fúteis, mas jovens e inofensivos. Lady Slane os virou, e quem presumiria analisar seus sentimentos? Genoux, no entanto, francamente apertava as mãos em êxtase.

— *Ah, miladi, qu'il est donc beau, Monsieur Richard! Ah, miladi, qu'elle est donc jolie!*[19] — disse, referindo-se também a Deborah.

Lady Slane sorria, satisfeita com a admiração de Genoux. Afinal, ela era uma velha, e pequenas coisas a agradavam agora.

— Sim — ela afirmou, olhando para uma fotografia de Richard, enlameado, segurando uma taça de prata debaixo de um braço e um chicote de montaria debaixo do outro —, ele é um jovem bem constituído - *pas si mal.*[20]

— *Pas si mal!* — gritou Genoux, indignada — Ele é magnífico, um deus. Tanta elegância, tanta elegância. Todas as jovens devem ser loucas por ele. E ele seguirá os passos de seu bisavô — acrescentou Genoux, que tinha uma apreciação saudável do prestígio mundano —; ele será vice-rei, primeiro-ministro, *Dieu sait quoi encore; miladi verra.*[21] — Pois Genoux nunca havia estimado o desprezo de lady Slane por tais coisas.

— Não, Genoux — disse lady Slane. — Não estarei lá para ver.

Ela apenas veria, e de maneira tão estranha e afastada, sua adorável e tola juventude. Graças a Deus, não estaria lá para ver sua transformação em uma vida adulta ainda mais tola, nem mesmo redimida por aquela qualidade selvagem, tola, mas decorativa.

---

[18] Pronto, milady! Chegou!

[19] Ah, milady, como ele é lindo, o sr. Richard! Ah, milady, como ela é linda!

[20] Não é tão ruim.

[21] Deus sabe o que mais. Milady verá.

— Ninfas e pastores, venham[22] — ela murmurou, olhando para os cabelos grossos, os membros finos e elásticos. — Ah, Genoux — ela comentou —, era bom ser jovem.

— Isso depende — disse Genoux sabiamente — de que tipo de juventude se tem. Não era bom ser a décima segunda filha de pais pobres e ser mandada para viver com fazendeiros perto de Poitiers, dormir na palha de um celeiro, nunca mais ver os pais. Acordar às cinco da manhã, inverno e verão. Ser espancada se não fizesse seu trabalho direito, saber que seus irmãos e irmãs estavam crescendo como estranhos.

Genoux estava com lady Slane há quase setenta anos, mas ela nunca tinha ouvido essa revelação. Virou-se para Genoux com curiosidade.

— E quando viu seus irmãos e irmãs novamente, Genoux, isso lhe pareceu muito estranho?

— Nem um pouco — respondeu Genoux.

O sangue contava. A própria família era a própria família. Ela tinha entrado no pequeno apartamento em Paris, aos dezesseis anos, como se ali pertencesse por direito. A fazenda perto de Poitiers havia desaparecido, e ela nunca mais tinha pensado nisso, embora soubesse melhor do que ninguém onde as galinhas perdidas colocavam seus ovos. Ela tinha entrado direto na vida de seus irmãos e irmãs e lá havia assumido seu lugar como se nunca tivesse estado fora. Havia tido um pequeno problema com uma de suas irmãs, que dera à luz gêmeos logo depois que seu filho mais velho morrera de difteria.

— Eles tentaram esconder a morte dela — Genoux disse —, mas ela adivinhou de alguma forma, e pulando direto da cama, correu como estava, em sua camisola, para o cemitério, para lá se atirar sobre o túmulo.

Genoux foi enviada para buscá-la de volta, nem lhe pareceu estranho que uma menina de sua idade fosse empregada em tal missão. A necessidade reinou, e sua mãe teve que ficar

---

22 N da T - Primeiro verso da canção *Ninfas e Pastores* do compositor inglês Henry Purcell para a peça *The Libertine,* de Thomas Shadwell.

em casa para cuidar dos gêmeos. Mas sua estada com a família foi apenas um breve interlúdio. Seu pai já havia registrado seu nome no cartório, e a próxima coisa que ela soube foi que estava cruzando o Canal da Mancha para a Inglaterra, para trabalhar com *miladi*.

Lady Slane ouviu com alguma emoção esse recital simples e filosófico. Culpou-se por nunca ter perguntado a Genoux antes. Ela tinha dado Genoux como certa, todos esses anos; ainda assim, uma riqueza de experiência estava trancada naquele peito robusto. Devia ter sido uma transição curiosa, da fazenda perto de Poitiers, onde ela dormia na palha e era espancada, para a magnificência da Câmara dos Lordes e a Casa do Vice-reinado... As experiências de seus bisnetos pareciam realmente superficiais em comparação, suas próprias experiências pareciam superficiais e civilizadas, sem qualquer contato com a realidade. Ela, que havia remoído em segredo uma vocação não realizada, nunca fora obrigada a arrancar uma irmã perturbada de uma cova recém-cavada. Observando Genoux, que estava ali, imperturbável, relatando essas provações do passado, ela se perguntou quais feridas eram mais profundas: as feridas irregulares da realidade ou os profundos hematomas invisíveis da imaginação?

Desde aqueles dias, Genoux nunca tivera uma vida pessoal, ela supôs. Sua vida estava a seu serviço, com o eu submerso. Lady Slane de repente se condenou como uma velha egoísta. No entanto, ela refletiu, também entregara sua vida, para Henry. Ela não precisava se culpar muito pela última indulgência de sua melancolia.

Retornou à Genoux. A família Holland havia substituído a própria família de Genoux, absorvendo tudo o que ela possuía de orgulho, ambição, esnobismo. Lembrou-se dos louvores de alegria de Genoux quando Henry recebera um título de nobreza. Observava cada criança como se fosse sua, e nada além de sua feroz proteção a lady Slane poderia ter arrancado dela uma palavra de crítica sobre as crianças Holland. Agora, ela transferia seu interesse para os bisnetos, não fazendo distinção desde o dia em que eles pararam de visitá-las na casa. Sua alma leal foi momentaneamente dilacerada pela recusa de lady Slane em receber Deborah e Richard. Contudo, quando lady Slane explicou que a vitalidade juvenil era cansativa demais para uma senhora idosa, ela imediatamente reajustou suas noções. *Bien sûr, miladi; la jeunesse, c'est très fatigant.*[23]

Ela acolheu, no entanto, esse renascimento adequado do orgulho familiar tipificado nos pacotes verdes e no álbum. No fundo de sua sabedoria camponesa, ela reconheceu o instinto saudável para a perpetuação na posteridade. Sua própria feminilidade não realizada agarrou-se pateticamente a uma satisfação vicária por meio de sua adorada lady Slane.

— *Ça me fait du bien*[24] — ela disse, com lágrimas nos olhos —, *de voir miladi s'occuper avec son petit pot of Stickphast.*[25] — E uma vez ela levantou John, o gato, para ver uma fotografia de página inteira de Richard no *Tatler.* — *Regarde, mon bobo, le beau gars.*[26] — John lutou e não olhou. Ela o colocou no chão novamente, desapontada. — *C'est drôle, miladi; les animaux, c'est si intelligent, mais ça ne reconnaît jamais les images.*[27]

O senso comum raramente colocava os dedos em lady Slane ultimamente. Ocorreu a ela perguntar-se, no entanto, o que os jovens pensavam de sua renúncia à fortuna de FitzGeorge. Eles provavelmente ficaram indignados, amaldiçoaram sua bisavó profundamente por tê-los privado de um benefício que, no final, seria deles. Certamente, não teriam dado a ela nenhum crédito por motivos românticos. Talvez ela lhes devesse uma explicação, embora não um pedido de desculpas? Mas como poderia entrar em contato com eles, especialmente agora? O orgulho agarrou seu pulso enquanto ela esticava sua caneta em direção

---

[23] Claro, milady, a juventude é muito cansativa.

[24] Isso me faz sentir bem

[25] ver milady ocupada com suas fitas e colagem

[26] Olha, meu bobo, o rapaz bonito.

[27] É engraçado, milady, os animais são tão inteligentes, mas nunca reconhecem imagens.

à tinta. Afinal, ela se comportara com eles de uma forma que, para qualquer pessoa razoável, deve parecer a mais antinatural. Primeiro, ela se recusou a vê-los, e então eliminou do futuro deles a possibilidade de uma riqueza grande e fácil. Ela devia parecer a eles a encarnação do egoísmo e da desconsideração. Lady Slane estava angustiada, mas sabia que tinha agido de acordo com suas convicções. O próprio FitzGeorge não a havia repreendido uma vez por pecar contra a luz? E de repente, em um momento de iluminação, ela entendeu por que FitzGeorge a havia tentado com essa fortuna: ele a havia tentado apenas para que ela encontrasse forças para rejeitá-la. Ele não lhe havia oferecido tanto uma fortuna, mas uma chance de ser fiel a si mesma. Lady Slane se abaixou e acariciou o gato, de quem, via de regra, ela não gostava muito.

— John — ela disse. — John, que sorte ter feito o que ele queria, antes de perceber o que ele queria.

Depois disso, ela ficou feliz, embora suas apreensões sobre seus jovens descendentes continuassem a preocupá-la. Por uma reviravolta curiosa, suas apreensões de consciência sobre eles aumentaram agora que ela havia explicado satisfatoriamente sua própria ação para si mesma, como se ela se culpasse por algum gesto extravagante de autoindulgência. Talvez tivesse chegado muito precipitadamente à sua decisão? Talvez tivesse tratado as crianças injustamente? Talvez não se devesse exigir sacrifícios dos outros, em decorrência das próprias ideias? Ela havia consultado suas próprias ideias inteiramente, com o tempero adicional do prazer, deveria admitir, em irritar Carrie, Herbert, Charles e William. Parecia errado para ela que indivíduos privados possuíssem tais posses, tal riqueza exagerada, por isso, apressou-se a dispor de ambos, os tesouros ao público e o dinheiro para os pobres necessitados. A lógica era simples, embora incisiva. Dito nesses termos, ela não conseguia acreditar em sua própria transgressão; mas, por outro lado, ela não deveria ter considerado seus bisnetos? Era um problema sutil para decidir sozinha; e o sr. Bucktrout, a quem ela o confiara, não lhe deu nenhuma ajuda, pois não apenas estava inteiramente alinhado com seu primeiro instinto, mas, além disso, em vista do fim do mundo que se aproximava, não conseguia ver que isso importava muito de uma forma ou de outra.

— Minha cara senhora — ele disse —, quando seus Cellinis, seus Poussins, seus netos e seus bisnetos estiverem todos misturados na poeira planetária, seu problema de consciência deixará de ser de muita importância.

Isso era verdade, em vez de útil. Verdades astronômicas, por mais que ampliem a imaginação, contêm pouca ajuda para problemas imediatos. Ela continuou a encará-lo com angústia, uma angústia que, naquele exato momento, tinha sido aumentada por um pensamento repentino do que Henry, erguendo as sobrancelhas, teria dito.

— Senhorita Deborah Holland — disse Genoux, abrindo a porta. Abriu-a de maneira que sugeria estar imitando retrospectivamente o modo do grande mordomo da embaixada em Paris.

Lady Slane levantou-se agitada, com o farfalhar suave habitual de suas sedas e rendas; seu tricô escorregou para o chão. Ela se agachou de forma ineficaz para recuperá-lo; sua mente girava descontroladamente, buscando reconciliar esse encontro improvável entre sua bisneta, o sr. Bucktrout e ela mesma. As circunstâncias eram complicadas demais para ela governar com sucesso em um momento de reflexão. Nunca fora boa em lidar com uma situação que exigia agilidade de espírito, e, considerando as conversas que tivera com o sr. Bucktrout sobre seus bisnetos, dos quais a neta de Herbert de repente se apresentou como um espécime, a situação exigia uma inteligência muito ágil de fato.

— Minha *querida* Deborah — disse lady Slane, correndo afetuosamente, deixando cair seu tricô, tentando recuperá-lo, abandonando a tentativa no meio do caminho e finalmente conseguindo beijar Deborah na bochecha.

Ficou ainda mais confusa, pois Deborah foi a primeira pessoa jovem a entrar na casa em Hampstead desde que se mudara de Elm Park Gardens. A casa em Hampstead não abrira suas portas para ninguém além do sr. FitzGeorge, sr. Bucktrout e sr. Gosheron – e, claro, ocasionalmente, para os próprios filhos, que, embora pudessem ser indesejados, eram, de qualquer forma, avançados em anos. Deborah se apresentou na forma da juventude batendo à porta. Era bonita, sob seu gorro de pele; bonita e elegante, a mesma moça que lady Slane esperaria de suas fotografias nos jornais da sociedade. No intercurso de um ano desde que lady Slane a vira, ela se transformara de colegial em uma jovem dama. De suas atividades no mundo da moda desde que se tornara uma jovem dama, lady Slane tinha ampla evidência. Essa observação a lembrou de seu álbum de recortes, que estava sobre a mesa sob a lâmpada; soltando a mão de Deborah, ela rapidamente removeu o álbum para um lugar escuro, como se fosse uma xícara de chá suja. Colocou o mata-borrão sobre ele. Uma fuga estreita; estreita e imprevista; mas agora ela se sentia segura. Voltou e apresentou Deborah formalmente ao sr. Bucktrout.

O sr. Bucktrout teve o tato de se despedir quase imediatamente. Lady Slane, conhecendo-o, temeu que ele pudesse mergulhar instantaneamente em tópicos da mais profunda importância, com referências à sua própria conduta recente e excêntrica, constrangendo assim tanto a menina quanto ela. No entanto, ele se comportou da forma mais inesperada como um homem do mundo. Fez alguns comentários sobre o início da primavera – sobre o reaparecimento de flores em túmulos nas ruas de Londres – sobre a longevidade das anêmonas na água, especialmente se cortarmos seus caules – sobre os cachos de gotas de neve que surgiram do campo, e quão logo eles seriam sucedidos por cachos de prímulas – sobre Covent Garden. Mas sobre catástrofes cósmicas ou o julgamento correto da bisavó de Deborah Holland, ele não disse nada. Apenas uma vez chegou à beira da indiscrição, quando se inclinou para a frente, colocando o dedo sobre o nariz, e disse:

— Senhorita Deborah, a senhorita tem uma certa semelhança com lady Slane, a quem tenho a honra de chamar de minha amiga.

Felizmente, ele não deu continuidade ao comentário, mas após o intervalo correto, apenas se levantou e foi embora. Lady Slane ficou grata a ele, porém foi consternada que o viu partir, deixando-a cara a cara com uma jovem mulher que tinha o que antes era seu próprio nome.

Ela esperava uma conversa evasiva e sem sentido como um começo, temendo a frase casual que a lançaria em realidades, crescendo rapidamente como o pé de feijão de João em um emaranhado de reprovações. Ela esperava qualquer coisa no mundo, menos que Deborah se sentasse a seus pés e lhe agradecesse com franqueza e simplicidade pelo que ela havia feito. Lady Slane não respondeu nada, apenas colocou a mão na cabeça da menina, pressionada contra seu joelho. Estava muito emocionada para responder; preferiu deixar a voz jovem continuar, imaginando que ela mesma era a falante, revivendo seus anos de juventude e iludindo-se com a fantasia de que finalmente havia encontrado uma confidente a quem pudesse trair seus pensamentos. Ela estava velha, estava cansada, perdia-se voluntariamente na doce ilusão. Era um eco que ela ouvia? Ou algum milagre havia apagado os anos? Os anos estavam sendo tocados novamente, com uma diferença? Permitiu que seus dedos bagunçassem o cabelo de Deborah e, achando-o curto em vez de cacheado, supôs vagamente que ela havia colocado seus próprios planos iniciais de fuga em execução. Ela realmente tinha fugido de casa? Ela havia, de fato, escolhido sua própria carreira em vez da de Henry? Ela estava agora sentada no chão ao lado de uma amiga de confiança, despejando suas razões, suas aspirações e suas convicções, com uma firmeza e uma certeza acesas como por uma chama interior? Sorte a de Deborah!, pensou, por ser tão firme, tão confiante e, ao menos por uma pessoa, tão bem compreendida; contudo, a qual Deborah aludia, ela mal sabia.

Dissera a si mesma, após a morte de FitzGeorge, que nenhuma coisa estranha e adorável jamais entraria em sua vida novamente, uma profecia tola. Essa confusão inesperada de sua própria vida com a de sua bisneta era tão estranha quanto adorável.

A morte de FitzGeorge a envelhecera; na idade em que estava, as pessoas envelheciam repentina e assustadoramente. Sua mente, talvez, não estivesse mais muito clara, mas, pelo menos, estava clara o suficiente para que reconhecesse sua fraqueza e dissesse:

— Continue, minha querida. Talvez seja eu mesma falando.

Deborah, em seu egoísmo juvenil, não conseguiu captar o significado daquela observação, que lady Slane, de fato, inadvertidamente deixou escapar. Ela não tinha intenção de se revelar à sua bisneta; sua mão na trava da porta da morte, ela não tinha intenção de incomodar a jovem com uma declamação de seus próprios problemas passados; o suficiente para ela, agora, submergir em um ouvinte, um par de ouvidos, embora ela ainda pudesse manter seus segredos entrando e saindo de sua mente de acordo com sua fantasia - pois deve ser lembrado que lady Slane sempre apreciou a privacidade de seus prazeres. Esse prazer era especialmente privado agora, embora não muito agudo; era nebuloso em vez de agudo, suas percepções intensificadas e, ainda assim, turvas, de modo que ela podia sentir intensamente sem ser capaz ou obrigada a raciocinar. No crepúsculo mais profundo de sua vida, na maturidade de seus anos, ela retornou às flutuações da adolescência; ela se tornou mais uma vez o junco balançando no rio, o esquife estendendo-se em direção ao mar, mas soprado de volta repetidamente para as águas seguras do estuário. Juventude! Juventude!, ela pensou; e ela, tão perto da morte, imaginou que todos os perigos novamente a aguardavam, mas dessa vez ela os enfrentaria com mais bravura, ela não permitiria concessões, ela seria firme e certa.

Aquela criança, aquela Deborah, aquele eu, aquele outro eu, aquela projeção de si mesma, era firme e certa. O seu noivado, ela disse, foi um erro. Ela tinha se desviado para ele para agradar ao seu avô; (A Mãe não contava — ela disse — nem a Vovó - pobre Mabel!) seu avô tinha ambições para ela, falou. Ele gostava da ideia de ela ser, algum dia, uma duquesa, mas o que era isso, ela disse, comparado com o que ela mesma queria ser, uma musicista? Quando ela disse "uma musicista", lady Slane levou um pequeno choque, tão confiantemente ela estava que Deborah diria “uma pintora”. Mas não fez muita diferença, e sua decepção foi rapidamente curada. A garota estava falando como ela mesma teria falado.

Deborah não tinha preconceito contra o casamento com alguém que media seus valores com a mesma vara que ela. Porém, o entendimento era impossível entre pessoas que não concordavam quanto a metros e a centímetros. Para seu avô e seu antigo noivo, riqueza e um título tão grande mediam um metro - dois metros - cem metros - um quilômetro. Para ela, esses valores mediam um centímetro - um milímetro. A música, por outro lado, e tudo o que ela implicava, não podia ser medida por nenhuma escala terrestre. Portanto, ela era grata à sua bisavó por reduzir seu valor no mercado mundano.

— Veja bem — ela disse divertida —, por uma semana eu era uma herdeira, e quando descobriram que eu não seria mais de forma alguma, ficou muito mais fácil para mim romper meu noivado.

— Quando o rompeu? — perguntou lady Slane, pensando em seus recortes de jornal que não mencionavam o fato.

— Anteontem.

Genoux chegou com o correio da noite, feliz por ter um pretexto para dar outra olhada em Deborah. Lady Slane colocou o pacote verde sob seu tricô.

— Eu não sabia que o tinha rompido.

— E que alívio foi — respondeu Deborah, sacudindo os ombros.

Ela não teria mais nada a ver com aquele mundo louco.

— É loucura, minha bisavó — ela perguntou —, ou sou eu? Ou sou apenas uma das pessoas que não conseguem se encaixar? Sou apenas uma das pessoas que acham um conjunto diferente de coisas importantes? De qualquer forma, por que eu deveria aceitar as ideias de outras pessoas? As minhas têm a mesma probabilidade de estarem certas - certas para mim. Conheço uma ou duas pessoas que concordam comigo, mas são sempre pessoas que parecem não se dar bem com o Vovô ou a Tia-avó Carrie. E outra coisa... — ela fez uma pausa.

— Continue — disse lady Slane, profundamente tocada por esta análise hesitante e perplexa.

— Bem, parece haver uma espécie de solidariedade entre o Vovô e a Tia-avó Carrie e as pessoas que ambos aprovam. Como se cimento tivesse sido derramado sobre tudo. Mas as pessoas de quem *eu* gosto sempre parecem ser pessoas dispersas e solitárias - só que se reconhecem quando se juntam. Elas parecem estar cientes de algo mais importante do que as coisas que os dois acham importantes. Ainda não sei exatamente o que é esse algo. Se fosse religião - se eu quisesse me tornar freira em vez de musicista -, acho que até meu Avô entenderia vagamente do que eu estava falando. Mas não é religião, e ainda assim, parece ter algo de natureza religiosa. Um acorde de música, por exemplo, me dá mais satisfação do que uma prece.

— Prossiga — disse lady Slane.

— Então, entre as pessoas de quem gosto, encontro algo duro e concentrado no meio delas, áspero, quase cruel. Uma espécie de pedra de honestidade. Como se estivessem determinadas a todo custo a serem fiéis às coisas que acham importantes. Claro — continuou Deborah obedientemente, lembrando-se dos comentários que havia feito sobre seu Avô e sua Tia-avó —, sei que eles são, por assim dizer, membros muito inúteis da sociedade — disse com uma gravidade infantil.

— Eles têm seus usos — falou lady Slane —; eles agem como um fermento.

— Eu nunca sei como pronunciar essa palavra — comentou Deborah —; se rima com discernimento ou provimento. Suponho que esteja certa sobre eles, bisavó. No entanto, o fermento demora muito para fazer efeito, e mesmo assim, só funciona entre pessoas que são mais ou menos da mesma opinião.

— Sim — disse lady Slane —, porém há muitas pessoas que realmente pensam da mesma forma que você acreditaria. Elas se esforçam muito para esconder isso, e somente uma crise revela. Por exemplo, se você morresse — mas o que ela realmente queria dizer era "se eu morresse" —, ouso dizer que você descobriria que seu Avô tinha entendido você (eu) melhor do que você (eu) pensa.

— Isso é mero sentimentalismo — argumentou Deborah firmemente —; naturalmente, a morte assusta todo mundo, até mesmo o Vovô e a Tia-avó Carrie - ela os lembra das coisas que eles preferem ignorar. Meu argumento sobre as pessoas de quem gosto não é que elas se debruçam morbidamente sobre a morte, mas que elas mantêm continuamente um senso do que, para elas, importa na vida. A morte, afinal, é um incidente. A vida também é um incidente. O que quero dizer está fora de ambos. E não parece compatível com o tipo de vida que Vovô e Tia-avó Carrie acham que eu deveria levar. Estou errada, ou eles estão?

Lady Slane percebeu uma última oportunidade para irritar Herbert e Carrie. Que a chamassem de velha perversa! Ela sabia que não era nada daquilo. A criança era uma artista e precisava fazer o que queria. Havia muitas outras pessoas para continuar o trabalho do mundo, para ganhar e aproveitar suas recompensas, para sofrer sua malícia e retribuir suas feridas na mesma moeda. A pequena e rara fraternidade à qual Deborah pertencia, indiferente a iscas douradas, deveria ser livre para ir obscura, mas ardentemente, em direção aos seus interesses. A longo prazo, com o estranho caos sempre em processo de se resolver, à medida que o presente se tornava história, os poetas e os profetas contavam mais do que os conquistadores. O próprio Cristo estava na companhia deles.

Ela não conseguia fazer nenhuma estimativa sobre os talentos de Deborah; isso não vinha ao caso. Conquistas eram boas, mas o espírito era melhor. Contar por conquistas era fazer uma concessão ao sistema predominante do mundo; era um afastamento dos padrões austeros, desinteressados e exigentes que lady Slane e seus semelhantes reconheciam. No entanto, o que ela disse não estava de acordo com seus pensamentos; ela disse:

— Oh, meu Deus, se eu não tivesse doado essa fortuna, eu poderia tê-la tornado independente.

Deborah riu. Ela queria conselhos, disse, não dinheiro. Lady Slane sabia muito bem que ela também não queria conselhos. Ela queria apenas ser fortalecida e apoiada em sua resolução. Muito bem, se ela queria aprovação, ela deveria tê-la.

— Claro que está certa, minha querida — ela disse calmamente.

Elas conversaram por mais um tempo, mas Deborah, sentindo-se envolvida em paz e simpatia, notou que a mente de sua bisavó vagava um pouco em algum labirinto de confusão para o qual ela não tinha fio condutor. Era natural na idade de lady Slane. Em alguns momentos, ela parecia estar falando sobre si mesma, então se recuperava e, com patética falta de jeito, tentava encobrir o deslize, despertando-se para falar ansiosamente sobre o futuro da garota, não sobre algum evento que havia dado errado no passado distante. Deborah estava profundamente embalada e feliz demais para se perguntar o que poderia ser aquele evento. Aquela hora de encontro com a idosa a acalmava como música, como acordes levemente tocados à noite, com as sombras se fechando e as mariposas sobrevoando além de uma janela aberta. Ela se apoiou no joelho da bisavó como um suporte, um adereço, afogada, envolvida, em calor, penumbra e sons suaves e harmoniosos. A confusão recuou, o clangor foi silenciado, seu Avô e sua Tia-avó Carrie perderam sua importância angular e murcharam em pequenos fantoches que gesticulavam, com rostos de pergaminho e mãos vacilantes e tolas. Outros valores se ergueram como grandes arcanjos na sala, e se ergueram e abriram suas asas. Associações inexplicáveis flutuaram na mente de Deborah, ela se lembrou de como uma vez vira uma jovem mulher em um vestido branco conduzindo um borzoi também branco pela escuridão de um porto do sul. Esse contato físico e mental com sua bisavó - tão distante em anos, tão intimamente sintonizado em espírito - tirou as coberturas do pequeno tesouro de curta experiência que ela havia ciosamente guardado. Pegou-se imaginando se conseguiria depois recapturar o encantamento daquela hora o suficiente para traduzi-lo em termos de música. Seu desejo de proporcionar uma experiência em termos de música transcendeu até mesmo seu interesse em sua bisavó como ser humano. Uma forma de egoísmo que ela sabia que sua bisavó não se ressentiria nem entenderia mal. O impulso que a levou até sua bisavó foi um impulso correto. A sensação de música envolvente provou isso. Em algum piano remoto, os acordes foram tocados, e eram acordes que não tinham significado, nenhuma existência, no mundo habitado por seus parentes; mas no mundo de sua bisavó eles tinham seu valor e seu significado.

Mas ela não deveria cansá-la, pensou Deborah, percebendo de repente que a velha voz havia cessado suas divagações e que o feitiço de uma hora estava quebrado. Sua bisavó estava dormindo. Seu queixo havia caído para a frente sobre os cadarços em seu peito. Suas lindas mãos estavam flácidas em seu repouso. Enquanto Deborah se levantava silenciosamente e, silenciosamente, saía para a rua, tomando cuidado para não bater à porta atrás de si, os acordes de sua imaginação morreram. Genoux, trazendo a bandeja uma hora depois, anunciando:

— *Miladi est servie.* — Alterou sua expressão de repente para: — *Mon Dieu, mais qu'est-ce que c'est ça - Miladi est morte.*[28]

— Era de se esperar — disse Carrie, enxugando os olhos como não os havia enxugado na morte do pai. — Era de se esperar, sr. Bucktrout. No entanto, é um choque. Minha pobre mãe era uma mulher tão excepcional, como sabe - embora eu tenha certeza de como poderia saber disso, pois ela era, é claro, apenas sua inquilina. Um correspondente do *The Times* a descreveu esta manhã como um espírito raro. Exatamente o que eu sempre disse: um espírito raro.

Carrie havia se esquecido das muitas outras coisas que tinha dito.

— Um pouco difícil de administrar às vezes — ela acrescentou, picada por um pensamento repentino da fortuna de FitzGeorge —; impraticável até certo ponto, mas coisas práticas

---

[28] Milady, está servido. — Alterou sua expressão de repente para: — Meu Deus, mas o que é isso - Milady está morta.

não são as únicas coisas que contam, não é, sr. Bucktrout? O *The Times* também disse isso. Minha pobre mãe tinha uma natureza linda. Não digo que eu deveria sempre agir como ela às vezes agia. Às vezes, seus motivos eram um pouco difíceis de seguir. Quixotescos, sabe, e - digamos assim? - insensatos. Além disso, ela podia ser muito teimosa. Havia momentos em que ela não se deixava guiar, o que era uma pena, considerando o quão pouco prática ela era. Todos nós estaríamos em uma posição muito diferente agora se ela estivesse disposta a nos ouvir. No entanto, não adianta chorar sobre o leite derramado, não é? — disse Carrie, dando ao sr. Bucktrout o que deveria ser um sorriso corajoso.

O sr. Bucktrout não respondeu. Não gostava de Carrie. Ele se perguntava como alguém tão dura e tão hipócrita poderia ser filha de alguém tão sensível e tão honesta quanto sua velha amiga. Estava determinado a revelar à Carrie, sem nenhuma palavra ou olhar, o quão profundamente ele sentia a perda de lady Slane.

— Há um homem lá embaixo que pode tirar as medidas do caixão, se desejar — disse ele.

Carrie olhou fixamente. Então estavam certos sobre esse sr. Bucktrout: um velho sem coração, sem a decência de encontrar uma frase adequada sobre a pobre Mamãe. A própria Carrie foi generosa o suficiente para repetir essas palavras sobre o raro espírito. Realmente, no geral, ela considerou seu pequeno discurso sobre sua mãe como um tributo muito generoso, quando se lembrava das peças que sua mãe havia pregado em todos eles. Sentiu-se extremamente justa ao pronunciá-lo e, de acordo com seu código, o sr. Bucktrout deveria ter dito algo gracioso em resposta. Sem dúvida, ele esperava tirar algumas ameixas do pudim sozinho e ficou amargurado com seu fracasso. O pensamento do desconforto do velho tubarão foi o grande consolo de Carrie. O sr. Bucktrout era exatamente o tipo de homem que tentava fisgar uma velha desavisada. E agora, cheio de vingança, ele voltou a trazer um homem para fazer o caixão.

— Meu irmão, lorde Slane, estará aqui em breve para fazer todos os arranjos necessários — ela respondeu com altivez.

O sr. Gosheron, no entanto, já estava na porta. Ele entrou inclinando seu chapéu-coco, mas se ele o inclinou em direção à presença silenciosa de lady Slane em sua cama, ou em direção a Carrie parada aos pés, era questionável. O sr. Gosheron, em sua capacidade como agente funerário, estava bem acostumado à morte, ainda assim, seu sentimento por lady Slane sempre fora muito mais caloroso do que por uma mera cliente. Ele já havia tentado dar alguma expressão privada à sua emoção ao determinar sacrificar seu pedaço de madeira mais precioso como tampa para o caixão dela.

— Sua senhoria é um cadáver adorável — ele disse ao sr. Bucktrout.

Ambos ignoraram Carrie.

— Adorável na vida, adorável na morte, é o que eu sempre digo — disse o sr. Gosheron. — É espantosa a beleza que a morte traz à tona. Meu velho avô me disse isso, estava no mesmo ramo de negócios, e por cinquenta anos eu observei para ver se suas palavras eram verdadeiras. "A beleza na vida", ele costumava dizer, "pode vir de boas roupas e outras coisas, mas para a beleza na morte tem que recorrer-se ao caráter." Agora olhe para sua senhoria, sr. Bucktrout. É verdade ou não? Para dizer a verdade — ele acrescentou confidencialmente —, se eu quero avaliar uma pessoa, eu olho para ela e a imagino morta. Isso sempre entrega, especialmente porque eles não sabem que está fazendo isso. A primeira vez que coloquei os olhos em sua senhoria, eu pensei, sim, ela servirá; e agora que a vejo como a imaginei, então eu ainda digo isso. Ela nunca foi inteiramente deste mundo, de qualquer forma.

— Não, não foi — disse o sr. Bucktrout, que, agora que o sr. Gosheron havia chegado, estava disposto a falar sobre lady Slane —, e ela nunca chegou a um acordo com isso também. Tinha o melhor que isso podia lhe dar - todas as coisas que ela não queria. Considerou os lírios do campo, sr. Gosheron.

— Ela considerou, sr. Bucktrout. Muitas frases da Bíblia eu apliquei à sua senhoria. No entanto, as pessoas toleram coisas na Bíblia que não toleram na vida comum. Elas parecem não ver o sentido disso quando as encontram em suas próprias casas, embora coloquem uma cara reverente quando as ouvem lidas em um púlpito.

Oh, meu Deus, pensou Carrie, esses dois velhos nunca vão parar de falar com a Mãe como um coro grego? Ela tinha chegado a Hampstead com uma mentalidade determinada: seria generosa, seria misericordiosa - e alguma emoção genuína tinha vindo em seu auxílio -, porém agora seu autocontrole rachou e seu mau humor e queixas começaram a ferver.

Esse locatário e esse agente funerário, que falavam com tanta segurança e sagacidade, o que poderiam saber sobre a sua mãe?

— Talvez — retrucou — seja melhor deixar o discurso fúnebre da minha mãe para ser pronunciado por alguém da família dela.

O sr. Bucktrout e o sr. Gosheron se viraram gravemente para ela. Viu-os de repente como figuras distantes; figuras de diversão certamente, mas também figuras de justiça. Seus olhos tiram a proteção de sua hipocrisia decente. Sentiu que eles a julgavam, que o sr. Gosheron, de acordo com seu uso e princípio, a estava imaginando como um cadáver, estreitando os olhos para ajudar o esforço de sua imaginação, deitando-a em uma cama, examinando-a sem as defesas que ela não conseguia mais controlar. Aquela frase sobre o espírito raro encolheu até virar cinzas. O sr. Bucktrout e o sr. Gosheron estavam em conluio com sua mãe, e nenhuma frase poderia encobrir a verdade de tal aliança.

— Na presença da morte — ela disse ao sr. Gosheron, refugiando-se em uma última convenção —, o senhor poderia pelo menos tirar o chapéu.

VITA SACKVILLE-WEST

Victoria Mary Sackville-West, conhecida como Vita, nasceu em 1892 na casa de campo Knole, a oeste do condado de Kent, sendo filha única de pais aristocráticos. Em 1913, casou-se com o diplomata Harold Nicolson, com quem teve dois filhos e viajou por muitos lugares, até se estabelecer, em 1930, no Castelo Sissinghurst, onde dedicou muito tempo a criar o seu hoje mundialmente conhecido jardim. Ao longo de sua vida, Sackville-West teve diversos relacionamentos com homens e mulheres, e seu casamento não convencional mais tarde se tornou o tema de uma biografia escrita por seu filho Nigel Nicolson. Embora tenha produzido um número considerável de obras, entre as quais estão escritos sobre viagens e jardinagem, Vita é especialmente conhecida por seus romances *The Edwardians* (1930, não publicado no Brasil) e *Toda Paixão Exaurida* (1931), e pelo poema *The Land* (1926), que recebeu o pres]tigioso Prêmio Hawthornden. Ela faleceu em 1962 em Sissinghurst.

Outras obras de VITA SACKVILLE-WEST

FICÇÃO

Heritage
The Dragon in Shallow Waters
The Heir
Challenge
Seducers in Ecuador
The Edwardians
Family History
Grand Canyon

NÃO FICÇÃO

Passenger to Teheran
Saint Joan of Arc
English Country Houses
Pepita
The Eagle and The Dove
Sissinghurst: The Creation of a Garden

Impressão e Acabamento | Gráfica Viena
www.graficaviena.com.br